Osama Alomar nació en Damasco en 1968 y vive exiliado en Estados Unidos desde 2008. Mientras que en el mundo árabe ganaba premios literarios y su reputación como autor de fábulas astutas y mordaces crecía, en Chicago pasaba la mayor parte del tiempo conduciendo un taxi. Es autor de tres colecciones de relatos y de un volumen de poesía. Actualmente vive en Pittsburgh.

LOS DIENTES DEL PEINE

MALPASO

MÉXICO

OSAMA ALOMAR

LOS DIENTES DEL PEINE

TRADUCCIÓN DE SOLEDAD MARAMBIO

MALPASO

BARCELONA MÉXICO BUENOS AIRES NUEVA YORK

Para obtener este libro en formato digital escriba su nombre y apellido con bolígrafo o rotulador en la primera página. Tome luego una foto de esa página y envíela a <ebooks@malpasoed.com>. A vuelta de correo recibirá el e-book gratis. Si tiene alguna duda escríbanos a la misma dirección.

© Osama Alomar, 2017
© Traducción: Soledad Marambio Castro
© Malpaso Ediciones, S. L. U.
Gran Via de les Corts Catalanes, 657, entresuelo
08010 Barcelona
www.malpasoed.com

Título original: *The Teeth of the Comb & Other Stories*

ISBN: 978-84-17081-65-2
Depósito legal: B-1.262-2018
Primera edición: junio de 2018

Impresión: Novoprint
Diseño de interiores: Sergi Gòdia
Maquetación: La Letra, S. L.
Imagen de cubierta: Malpaso Ediciones, S. L. U.

Porque una madre es un universo en el que las criaturas no pueden perderse, dedico este libro a mi universo

VIAJE DE VIDA

Caminé a través de multitudes, buscándola entre miles... entre millones, rastreando... crucé montañas y valles, mares y planicies, caminando resueltamente en áreas hacinadas, llevando conmigo brújulas y docenas de mapas. Miré en todas direcciones. El sudor brotaba de mí con abundancia. La preocupación me devoraba. Continué mi camino hacia el norte. El frío casi me mata... Oh, dios... ¿dónde está?... ¿dónde está? Grité tan fuerte como pude... Signos de interrogación clamaban desde todos los rincones. Les pregunté por ella a los viajeros. Me miraron sin comprender. Caminé entre humanos, llamándola con todas mis fuerzas: "¿Dónde estás, mi amada? Te lo ruego: muéstrame tu rostro". Solo me contestaron la indiferencia y el insípido ritmo de la vida.

Poco a poco comencé a hacerme viejo... Perdí casi todo mi peso. Mis piernas se volvieron más débiles. Compré un bastón y continué el viaje que había comenzado años atrás, buscándola. Llegué a lugares donde nunca han llegado los fantasmas. Descansé en cuevas hechas de roca y miedo. Escapé de bestias salvajes que por poco me convirtieron en su triste comida. Crucé el

mundo, este y oeste... norte y sur... mis pasos tamba-
leantes mezclados con mi suerte tambaleante. Caí...
Con el entusiasmo de la juventud, mi avanzada edad
izó una bandera de victoria sobre mi cuerpo. Sangró mi
cabeza. La levanté muy despacio, luchando con la mano
de la fatiga que trataba de hundirla. Miré el lejano horizonte, tal vez podría ver su rastro. Una ciénaga deses-
perada lamió las orillas de un lago radiante de esperanza, como si tratara de tragarlo. Con toda mi fuerza
extendí mis manos débiles hacia mi pasado capturan-
do lo que podía del vigor de mi juventud.

Me paré en mis piernas temblorosas y continué
mi viaje, buscando humanidad hasta el último momento.

FRÍO GLACIAL

Debido a que pasó muchos años disfrutando del tibio
paraíso de su casa familiar, cayó gravemente enfer-
mo y estuvo a punto de morir en el frío glacial de la
sociedad.

EL CUCHILLO

Nació con cuchillo de plata en la boca. Y fue su primera víctima.

LIBERTAD DE EXPRESIÓN

El gobierno promulgó un decreto que garantizaba a los ciudadanos el derecho a la libertad de expresión facial. Fue considerado un gran salto adelante dado que muchos países han prohibido en su totalidad esta forma de expresión. Millones de ciudadanos salieron a las calles para demostrar su apoyo a esta enorme e inaudita victoria para la democracia. Sonreían ampliamente mientras marchaban, sus rostros máscaras grotescas de alegría.

PANTANO

Me convertí en un pantano de inmovilidad y, por esto, nadie fue capaz de ver las piedras preciosas en mis profundidades.

COMPRESIÓN

Akram maldijo el día cuando comprimió su edad de setenta a veinte porque la impotencia de la niñez se mezcló con la impotencia de la vejez. Memorias dolorosas se entrelazaron con otras felices, el triunfo se juntó con el fracaso y el matrimonio se juntó con el divorcio. La risa se mezcló con lágrimas, y amigos y enemigos se fundieron en el mismo caldero. Los bordes entre positivos y negativos desaparecieron. La influencia mágica del tiempo para curar heridas se desvaneció. Entonces, decidiendo disfrutar su verdadera edad, Akram deshizo la compresión del tiempo.

EN LA CÚSPIDE DE LA PIRÁMIDE

Una enorme bolsa de basura quiso alcanzar la cúspide de la pirámide social cuando la vio brillar bajo el sol. Hizo grandes esfuerzos por trepar, pero cada vez que lo intentó terminó cayendo al lugar de partida. Después de muchos intentos fallidos, sus esfuerzos por fin dieron frutos. Se sentó noblemente en la cúspide de la pirámide, sin aliento por causa de la fatiga y del placer de la victoria. El deleite provocado por su logro le hizo olvidar el sufrimiento que había soportado.

Pero en cosa de segundos el vértice de la pirámide hizo un agujero en la bolsa. Agua sucia mezclada con basura se derramó por los cuatro costados hasta que la estructura completa quedó cubierta por una pila monstruosa de deshechos viscosos, cuyos odiosos olores impregnaron incluso lugares muy lejanos.

NO AFLOJES

Mientras retozaba en un campo, el caballo salvaje se sintió fascinado al ver una manguera que azotaba el aire en todas direcciones. El agua salía de ella, sin miedo, mientras un campesino trataba en vano de sujetarla. El caballo gritó tan fuerte como pudo, alentando a la manguera: "¡No aflojes!". La manguera le contestó con entusiasmo: "¡Seguro que no, amigo!".

LAS NACIONES VENDIDAS

Cuando la transacción estuvo terminada el mercader puso el dinero en su bolsillo. Uno de los billetes le dijo con molestia a su colega: "Estoy cansada de moverme de mano en mano con tanta facilidad. ¡Necesitamos estabilidad de manera urgente!".

Su colega le respondió con tristeza: "Nacimos para esto, querida". Suspiró y siguió hablando: "Somos como naciones que han sido vendidas, marcadas con las huellas de miles de dedos y apretadas en miles de bolsillos hasta ser despedazadas".

Unos minutos después, luego de otra transacción, el mercader sacó con prisa uno de los billetes de su bolsillo. Esta no tuvo tiempo de despedirse de su colega antes de instalarse en una billetera fría.

EL DIAMANTE Y EL CARBÓN

Dos hombres jóvenes, uno rico y uno pobre, discutían sus respectivos futuros. El rico puso un gran diamante sobre la mesa y dijo con entusiasmo: "Este es mi futuro".

El pobre puso un trozo de carbón sobre la mesa y dijo con tristeza: "Este es el mío".

Después, cada uno siguió su camino. Pero el diamante sintió nostalgia de sus orígenes y se acercó al trozo de carbón y lo abrazó con fuerza.

BARRERA SICOLÓGICA

Escalé la barrera sicológica que me separaba de un alto funcionario, pero me caí y me rompí la pierna. Él me miró por sobre de la barrera y, después de patear mi dignidad con pies de insultos, me arrojó en prisión. ¡Al día siguiente rodeó su palacio con rejas sicológicas eléctricas!

¡DESCENDEDOR!

El elevador que iba subiendo hasta el piso más alto miró a su colega que bajaba hasta el subterráneo y le gritó con desprecio: "¡Tú, descendedor!".

Sin embargo, al poco tiempo los papeles se revirtieron, y también los nombres.

CERRANDO LAS PERSIANAS

Cuando cerré las persianas gruesas del balcón para que mis vecinos no pudieran ver a mis cuatro esposas y a mis jóvenes hijas, descubrí con gran felicidad que esta era una manera perfecta de observar a las esposas y a las jóvenes hijas de otros hombres.

INSULTOS

Mientras salía de mi casa, camino al mercado, creí escuchar a cada peldaño de la escalera insultando al que venía abajo. Cuando escuché con más atención, ¡me di cuenta de que eran mis zapatos expresando su desdén por cada peldaño, empezando por el de más arriba!

LA BOLSA DE LA NACIÓN

Saqué del ático la enorme bolsa que había heredado de mi abuelo. Era toda de colores brillantes, como una tormenta de arcoíris. La icé sobre mi espalda y salí a la calle. Cerré mis ojos y comencé a elegir al azar muestras de todo lo que estaba adentro: humanos y piedras y polvo y flores y el viento y el pasado y el presente y el futuro.

Cargué la pesada bolsa en mi espalda y comencé un largo viaje alrededor del mundo, llevando con orgullo las desbordantes maravillas del genio de mi nación.

Tan pronto como llegué al primero de los muchos países que había decidido visitar, me dirigí hacia la plaza pública y me paré en medio, gritando con toda mi fuerza: "¡Señoras y señores... Señoras y señores! He venido hasta ustedes desde un país muy lejano trayendo rosas y flores... conceptos y creatividad... una historia gloriosa, con los colores de la primavera, y también un futuro que desea detenerse humildemente ante la excelsa puerta de mi nación".

El magnetismo de mis gritos atrajo desde las calles que se abrían sobre la plaza a todo tipo de gente que se aglomeró hasta formar una densa multitud. Pronto comenzaron a levantarse las voces: "A ver, extranjero... muéstranos lo que traes... muéstranos las maravillas y la creatividad de tu país".

Bajé la pesada bolsa de mis espaldas, el sudor me bañaba, y observé con detención a la multitud. Desaté la boca de la bolsa y la abrí por completo, pero cuando lo hice estalló una ironía atómica que me voló por los aires para luego dejarme caer. Todos explotaron en carcajadas. Incluso, algunos de los hombres rodaron por el piso sujetando sus vientres. Pero las mujeres y los niños me miraron con asco. Muchos desviaron sus miradas.

La sorpresa me estremeció como un terremoto... mi espíritu se llenó de grietas. Una de las personas de la multitud se acercó a mí y me dio un pequeño espejo, luego se volvió y se alejó riendo. Miré en el espejo. ¡El horror! Mi rostro había sido desfigurado terriblemente. En cuanto a la reputación de mi país, había sufrido una degradación tal que no podría recuperarse por décadas, si no siglos.

"Oh mi país... ¿qué me hiciste?... ¿qué te he hecho?" Lancé mi mirada sobre la plaza que se había vaciado incluso de brisa. Traté de levantarme despacio, apoyándome en mi espíritu quebrado, pero de inmediato caí al piso. Repetí el intento varias veces. Finalmente, lo conseguí. Mis muslos temblaron como si los despojos de la confianza en mí mismo se hubieran reunido allí. Miré la bolsa calcinada de la nación. Miré las consecuencias de la explosión de ironía atómica. Gruesas lágrimas cayeron de mis ojos y trataron de encontrar su camino entre las cumbres y acantilados de mi rostro devastado. Tomé la bolsa y la arrojé al mar y me puse a andar sin saber a dónde.

¡ME SACAN LA LENGUA A MÍ!

Cuando era joven me reía de los viejos todo el tiempo. Ahora que estoy viejo las memorias de mi juventud me sacan la lengua a mí y hacen bailar sus cejas diciéndome: "¡Oye, viejo!".

CABEZAS INCLINADAS

Una espiga de trigo vacía vio al otro lado del campo, junto al camino recto, a una multitud formando una fila. Sus cabezas se inclinaban ante su tirano líder. La espiga vacía se dijo, triste: "Cuánta suerte tienen esos humanos. ¡Sus cabezas se inclinan ante la bendición de la abundancia!".

LA BELLEZA DE LA JUVENTUD

Durante su juventud estuvo envuelta en la tela de araña de la mirada de la gente. Pero cuando se hizo vieja la tela se rompió por sí sola.

CARTA DE AMOR

Querida Minerva:

No sé cómo sucedió. Yo solo sé que las flores de mis sentimientos brotaron en la primavera de tu belleza con sus poderes de germinación y su brillo deslumbrante en todos los rincones del mundo, al mismo tiempo. ¿Te acuerdas cómo nos conocimos en una representación de *Esperando a Godot*? Yo sostenía el folleto. Tú llevabas una pila de libros. Parecías una estudiante universitaria seria. No sentí el impulso de tomar la iniciativa y hablarte, a pesar de tu belleza cautivante. Pero, cuando por total coincidencia te sentaste junto a mí justo antes de que comenzara la obra, sentí la escarcha volverse gotas de rocío en la madrugada de algo misterioso y encantador. Me molestaba el latido de mi corazón, que parecía el corazón de un adolescente hablándole a una chica por primera vez en su vida: Calma, corazón… no muestres mis emociones ante el trono de la belleza… Calma, corazón… ¡No voy a dejar que los carbones quemantes de tu pulso enloquecido o que la lava de tus volcanes me impidan llegar a esta mujer fascinante!

Esa noche sentí que por fin saldría del pozo de mi soledad lleno de insectos tristes y de reptiles reptando, venenosos. Cuando hablaste de Beckett con entusiasmo, sentí una felicidad escondida… sentí un hilo delgado, radiante, que entre muchos otros hilos comenzaba a reunirnos. Cuando hablaste de literatura, subí a bordo de un barco mítico navegando su camino en un océano mágico siempre brillante bajo el sol de primavera.

Comenzamos a ir al cine y al teatro juntos. En ocasiones llegabas más de una hora tarde a nuestros encuentros, lo que me provocaba rabia mezclada con preocupación. Pedías disculpas y yo siempre te perdonaba porque verte venir desde lejos me parecía un amanecer esperado largamente.

Cuando hablabas, no me podía concentrar en tus palabras porque me perdía en los bosques abundantes de tus ojos verdes, deslumbrado por sus criaturas encantadas.

Poco a poco, comprendí que nuestras almas se habían vuelto dos melodías armoniosas dentro de una misma canción.

Luego de seis meses de encontrarnos de manera regular, decidimos comprometernos. Me poseía un sentimiento maravilloso que nunca antes había sentido. Compré un hermoso ramo de flores y me puse mis mejores ropas. Fui a la casa de tu familia movido por una gran explosión de energía, a pesar de saber que habías tenido siempre serios desacuerdos con tu madre.

Recuerdo cómo ella abrió la puerta con una frialdad que dejó algo de invierno temblando en mi alma. Recuerdo cómo tu padre permaneció durante toda la reunión sin decir una palabra, tomando su té a pequeños sorbos. Cuando tu madre se enteró de que yo era un funcionario gubernamental de tercer nivel, su cara se volvió un gesto ártico que soplaba su viento gélido a mi alrededor. Me preguntó con voz fuerte: "¿Crees que vas a ser capaz de mantener a mi hija con tu escuálido salario?". Me rechazó porque, por el crimen de la pobreza, la corte de la sociedad me había sentenciado a trabajos forzados. Después de una breve charla en la que no podíamos escucharnos para nada, comencé a temblar de frío. Mientras bajaba los peldaños de tu casa pude escucharte peleando con ella. Eras una brisa de primavera devorada en segundos por la fiereza del invierno.

Lo extraño fue que nuestros encuentros se volvieron más íntimos y tiernos después de esa visita... Cuánto te amo... ¡A ti que oprimes mi corazón con el movimiento de tus pupilas!

Pero una idea nueva comenzó a obsesionarme día y noche: migrar, irme a un lugar lejano. Este pensamiento me lanzó a una lucha amarga contra el peso de tu amor. Lo que más me dolió fue tu total rechazo a la idea. Al final la razón ganó la sangrienta batalla con el corazón. Apenas antes de subir la escalera del avión, me mandaste un último mensaje de texto. Decía: "Donde vayas... mi espíritu estará contigo, protegiéndote de la gente malvada". Desde ese día, mi alma está más llena de la tuya que nunca antes. Nos seguimos comunicando por correo electrónico, constantemente. Te contaba de mi exilio, tú me contabas del tuyo, en casa, entre la gente más cercana a ti. Nos separan miles de millas, pero el aroma de tu perfume llena la ciudad enorme donde vivo. Los abundantes bosques de tus ojos verdes me rodean con su magia.

Cuando comenzó la revolución, mi corazón se encendió con un fuego que no conocía... un tipo de fuego especial, una revolución contra la opresión y la esclavitud... Nadaba en un océano de felicidad, bebiendo de su agua dulce, poderosa. Las flores de la libertad finalmente brotaban de los corazones y las mentes de todos.

Pero, poco a poco, la revolución contra la tiranía y la opresión se convirtió en algo más... El tirano que hasta entonces dormía en las profundidades de los ciudadanos comunes comenzó a despertar, desenfundando sus colmillos. El país entró por la puerta más ancha al infierno sectario y a la guerra civil. Las extremidades cercenadas de la nación se mezclaron con los miembros y cabezas cercenadas de su gente. Vi lo que pasaba, sin creerlo. Cuando la situación se había adentrado lo suficiente por el camino de la destrucción y la locura, entendí que ser esclavo de conceptos e ideas destructivos es mucho más peligroso que ser esclavo de otros humanos, y que el camino al paraíso de la libertad y la dignidad humana está plagado de lenguas del infierno.

Oh, mi amor... desde que dejaron de llegar noticias tuyas te busco por todas partes, preguntando a nuestros amigos comunes... en vano. ¿En qué dirección te arrojaron las garras de la guerra demencial? Observo al gran barco de la humanidad capitaneado por la opresión, esa barbarie oscura que nunca se cansa... El mundo tiene suficiente lugar para todos los muertos... pero no para todo lo vivo. El progreso científico sirve al retroceso humano. La alta tecnología está en las manos de hombres de las cavernas.

Te busco en todas partes. Busco mi alma. Te mandaré este mensaje por centésima vez... ¿Te lo debería mandar por correo o por email?... ¿o debería ponerlo en una botella y arrojarlo al mar? Yo solo sé que seguiré escribiéndote mis cartas hasta que encuentre mi alma.

DEGUSTACIÓN

Satán probó con la punta de sus dedos una cantidad muy pequeña de odio humano. Fue envenenado y murió de inmediato.

LOS OLORES

El joven regresó del bosque después de un mes de viaje de exploración, había estado buscando cosas nuevas y emocionantes. De vuelta en su casa, dejó escapar un largo suspiro preñado de agotamiento. Se sacó sus zapatos, calcetas y ropa, se recostó en el sillón y se quedó, muy pronto, profundamente dormido.

El fuerte olor de sus pies llenó la habitación. Con mucha vergüenza, los pies miraron a las manos del joven y preguntaron: "¿Por qué no salen de ustedes olores repulsivos como los que nosotros despedimos?". Las manos contestaron con voz profunda: "Porque siempre estamos abiertas a otros y evitamos de manera absoluta encerrarnos en nosotras mismas".

NIDOS

El pájaro descansó en su nido después de horas de vuelo y miró a los vagabundos que dormían en el pavimento a pesar del frío terrible.

"Es nefasto y extraño —dijo— que tantos humanos no tengan un nido que los cobije y los proteja de los peligros del mundo. Nunca en mi vida he visto un pájaro que no tuviera un nido en el que guarecerse con sus crías. La vida de estas criaturas debe estar marcada por alguna falla enorme."

Con ternura envolvió a sus polluelos entre sus alas y se quedó profundamente dormido.

ARENA MOVEDIZA

"Es raro que alguien se escape de mí", dijo la arena movediza con una voz hinchada de seguridad. Pero las arenas movedizas de la vida respondieron burlándose de ella: "¡Cuánta gente se agita y se golpea dentro mío durante toda su vida, y no se escapan ni tampoco se ahogan del todo!".

LA PLUMA Y EL VIENTO

La pluma le dijo al viento con voz torturada: "¿Qué es esta tiranía?".
El viento le contestó: "¿Qué es esta debilidad?".

AGUJEROS NEGROS

Ella lo amaba con pasión, pero su amor no era correspondido. Ella trató con toda sus fuerzas de entrometerse en los latidos de su corazón, pero no lo consiguió. Entonces su alma se llenó de agujeros negros que impidieron que brillara su luz interior. Destrozada y hambrienta, comenzó a devorar la luz de cualquier amor que pasara cerca de ella. Poco a poco se convirtió en un universo de luz que nadie podía ver.

ELECCIONES LIBRES

Cuando los esclavos reeligieron a su verdugo por su propia iniciativa y sin presión de nadie, entendí que era aún muy temprano para comenzar a hablar de democracia y dignidad humana.

TIBIO Y FRÍO

Cuando la tibieza cautivante del amor me atravesó, mi espíritu se expandió de manera infinita. Pero cuando me invadió el terrible frío del odio, mi espíritu se contrajo hasta el punto de no poder contenerse a sí mismo.

HUMILDAD Y ARROGANCIA

Cuando fui humilde, pensé que era un río corriendo hacia el mar. Cuando me volví arrogante, me convencí de manera cierta de que lo contrario era verdad.

CIRCUNSTANCIAS

Viendo los árboles crecer rectos y verticales desde la ladera de una montaña, me di cuenta de que es completamente natural permanecer derechos aun cuando vengamos de circunstancias del todo inclinadas.

LA ESMERALDA

El collar de esmeralda moría de envidia por los ojos verdes de su dueña y casi fue devorado por los celos cuando los vio brillar con lágrimas perladas por la muerte del esposo de esta.

LA LUZ DE LA ESPERANZA

No sabía cómo había llegado a ese lugar extraño. Solo sabía que se había despertado en un túnel oscuro y estrecho que parecía no tener fin. Se hizo un ovillo, temblando de miedo y frío, y comenzó a tantear las murallas alrededor del túnel. Estaban hechas de hierro. Como mendigos agotados por el hambre que buscan cortezas de pan en la basura, sus ojos comenzaron a buscar un rayo de luz que llevara esperanza a su corazón tembloroso.

"¿Quién me trajo hasta aquí? ¿Quién me arrojó a este ataúd de hierro, frío? ¿Dónde está mi familia? ¿Dónde están mi mujer y mis hijos?"

Los rayos y truenos de las preguntas –un aguacero de clavos envenenados– llovieron sobre su alma. Golpeó las murallas del túnel, esperando que alguien escuchara y lo salvara de ese lugar miserable. Siguió golpeando durante mucho tiempo hasta que sintió que sus nudillos estaban por quebrarse. Continuó con la otra mano, pero sin resultado. Nadie le contestó salvo un silencio inquietante, de labios cerrados.

Se volvió presa fácil de toda suerte de malos pensamientos que lo ensordecían con sus susurros. Se encogió aún más sobre sí mismo, tiritando de hambre y frío y resignación. Ya no sabía cuánto tiempo había pasado en ese lugar miserable: "¿Tres días?... ¿Una semana?... ¿Un mes?... ¿Qué puede ser peor que no saber la edad de nuestra tristeza?".

La pregunta más grande de todas regresó a gritar dentro de sí: "¿Qué me trajo acá?".

De pronto, como un milagro, un delgado rayo de luz apareció al final del túnel. Sus sentidos despertaron y se restregó los ojos. "¡Es luz... luz!" Sintió deseos de llorar, pero se contuvo. Mientras veía cómo la luz crecía en intensidad y claridad, recogió la vela parpadeante de su poder. Sintió cómo el ardor recorría su cuerpo. No sabía de dónde venía, pero comenzó a arrastrarse con ávida determinación hacia la luz, que se había vuelto enceguecedora.

Tan pronto como llegó al final del túnel, empujó sin miedo su cabeza y sus manos y luego su cuerpo entero fuera de la apertura.

Cuando tocó el suelo levantó con lentitud su cabeza empolvada. El sol estaba en el centro del cielo. Con los ojos entrecerrados miró el túnel del que había salido y vio que era el cuerpo de un cañón siendo levantado, en preparación para el disparo.

INSULTO

Cuando la juventud le entregó a la vejez una mujer de belleza impresionante, dijo: "Sé amable con ella. No insultes su belleza".
La vejez le contestó con rabia: "Mejor insultarla a ella que a mí misma".

LA CINTURA Y LA MENTE

La bailarina sacudió su cadera y cayeron sobre ella lluvias de dinero que sus fanáticos y seguidores recogieron y pusieron en su bolso.
La gran pensadora sacudió su cabeza y joyas de ideas cayeron desde ella y fueron aplastadas por la gente, que ni siquiera las sintieron debajo de sus zapatos.

EL TERREMOTO

El joven desempleado sufrió un terremoto sicológico de magnitud 8 en la escala de Richter. Destruyó casi por completo la ciudad en que vivía. La pérdida de vidas humanas fue terrible. Las autoridades quedaron perplejas ante este desastre sin precedentes. Procedieron a reconstruir las estructuras de la ciudad de una manera distinta, reforzándolas con materiales resistentes a los terremotos humanos. Los jóvenes desempleados comenzaron a ser considerados con máxima cautela y seriedad. El desempleo fue erradicado en breve.

UN SUEÑO

Después de un día de trabajo duro, se acostó en su cama y de inmediato se quedó profundamente dormido. En su sueño vio a un hombre de belleza asombrosa caminando lento y tranquilo en la ladera de una colina. El hombre se movía con facilidad y sin esfuerzo a través de las barreras de la religión, secta y raza que se hallan entre los humanos; finalmente las juntó todas y las lanzó a un abismo sin fondo. Entonces avanzó hacia la cima de la colina y alzó su cara hacia el cielo, diciendo con una voz más profunda que el universo: "Dios… No dejes que los principios con los que fui criado se conviertan en una barrera espesa que me esconda la verdad".

29

GUERRA

Después de mucho dudar, los extraterrestres decidieron visitar la Tierra. Respondiendo a los mensajes constantes enviados por los terrestres, y para cumplir con un antiguo deseo, diseñaron un programa para realizar un prolongado y detallado estudio de la naturaleza y el comportamiento humano, así como del planeta en todos sus aspectos. Su nave espacial salió de su planeta, ubicado en los confines del universo. En tiempo récord llegaron al borde de nuestro sistema solar y comenzaron a monitorear con precisión la Tierra, con el fin de mandar la información a su planeta. Lo primero que detectaron sus cámaras fueron explosiones nucleares, refugiados derramados en todas direcciones y extremidades amputadas apiladas por doquier. Todo lo que fotografiaron fueron masacres, destrucción, desolación, lenguas de fuego. El líder de la flota espacial mandó a su plantea un breve mensaje que decía: "Nos es imposible aterrizar en la Tierra porque está siendo devorada por una horrorosa guerra civil".

VISIÓN

Porque sus ojos tenían poderes microscópicos fue necesario que pasara a través de montañas enormes y pendientes escarpadas en las llanuras de su vida.
Por eso llegó a su destino muy tarde.

VERTIR DOLORES

Vertí mis dolores en un vaso y este se derritió... en una copa de madera y se incendió... en la caldera de un hombre cegado por el odio y este murió al instante... en el cráter de un volcán enloquecido cuya boca voló en pedazos... en las profundidades de una revolución ilustrada y los corazones de la gente de cada clase social ardieron en el fuego.

Volví mis dolores a mi corazón... y una sonrisa apareció en mi cara.

EL MÁS FUERTE

Por entre los arbustos, una leona vio una gacela que pastaba en la planicie abierta. Se quedó inmóvil, vigilándola, sus ojos llenos de instinto depredador y un hambre feroz que surgió de sus entrañas. Comenzó a moverse hacia ella con mucho cuidado, la cabeza gacha. De vez en cuando, el miedo apuñalaba a la gacela y esta levantaba la cabeza, de pronto, su debilidad desnuda frente a los colmillos de lo desconocido. No sintió a la leona hasta que esta estaba solo a unos metros de distancia. Entonces un relámpago de terror la levantó por los aires y la puso a correr como el viento. La leona corrió a toda velocidad detrás de su carne fresca y tibia, mientras la saliva se derramaba por las orillas de su boca. La gacela se movía dando saltos largos, llenos de gracia, cambiando de dirección súbitamente, cediendo al pánico y al sonido de la muerte. El instinto de supervivencia era el común denominador entre la bestia y la víctima.

La imagen de sus cachorros hambrientos latía en la mente de la leona y aumentaba su persistencia y su determinación por cazar la rica comida que ahora saltaba salvajemente frente a ella. Sintió una nueva fuerza que subía por sus miembros y ganó rapidez, envolviendo sus movimientos alrededor de las provocativas maniobras de su víctima hasta que al fin la apresó en un remolino de polvo. Hundió sus colmillos en el cuello de la gacela y sus garras en el cuerpo que se sacudía y agitaba en todas direcciones. El instinto de supervivencia alcanzó su clímax tanto para la víctima como para el verdugo. La leona apretó el tierno cuello con sus mandíbulas con toda la fuerza que podía reunir, esperando el silencio final del pulso.

Sus cachorros, que habían estado mirando desde lejos, corrieron hacia ella, disfrutando la gran victoria. Caminaron rodeando la comida rica y grasosa, inhalando su aroma apetecible. La familia hambrienta comenzó a destrozar la gacela y a devorar su carne. Pero entonces sucedió algo inesperado. Un enorme león apareció de entre los árboles, vio el festín, y se abalanzó rugiendo sobre ellos. Tan pronto como la leona lo vio venir se levantó y se preparó para defender a sus cachorros y a su presa. El rugir de las dos bestias se mezcló y las criaturas del bosque temblaron con miedo. Pero la leona sintió su debilidad frente a este león enorme, furioso.

Comenzó a retroceder, temiendo que sus cachorros pudieran salir heridos, dejando atrás la presa que el león ahora atacaba. Con sus enormes fauces este arrastró con facilidad a la gacela entre los árboles, lejos de cualquier mirada indiscreta.

La leona lo observó comerse su caza despedazada, sin poder hacer nada al respecto. Los cachorros miraban la escena con horror, pegados a su madre. Uno de ellos se volvió hacia la leona y le preguntó con un hilo de voz: "Madre, ¿acaso no eres fuerte?". Ella le contestó con voz quebrada: "Soy muy fuerte, mi pequeño... pero hay alguien más fuerte que yo".

HORMIGAS

Cuando por accidente aplasté con mis pies a un enorme grupo de hormigas, me di cuenta de que la debilidad es el castigo sin delito.

LA PUERTA

Cada día antes de acostarse, se aseguraba de seguir los pasos necesarios para cerrar la puerta de la casa. Después de muchos años, descubrió que había olvidado hacer lo mismo con la puerta de su alma para así prevenir la entrada de pensamientos peligrosos y destructivos.

Después de años de duda, Satanás decidió hacer su propia página de Facebook y abrir una página web con el fin de promover sus principios. La idea les pareció completamente extraña y desquiciada a los miembros de su tribu. Pero con gran entusiasmo él trató de convencerlos de las ventajas del plan, asegurándoles su éxito a largo plazo. Tan pronto como la página de Facebook y la página web estuvieron funcionando, Satanás comenzó a mandar pedidos de amistad acompañados de rimbombantes posteos acerca de la bondad y el amor, la tolerancia y la hermandad humana, el rechazo del odio, la defensa de los derechos humanos y la necesidad de luchar contra la opresión. Esta campaña tuvo un gran éxito entre el público. Para sorpresa de su tribu, sus amigos se contaban en los miles, y pronto, en los millones. Su sitio web se convirtió en el más famoso de todo el mundo de las redes sociales. El mundo inundado por las muestras de apoyo, lealtad y admiración por Satanás, ondeando pendones empapados en perfume de amor por este campeón de la bondad, la justicia, la tolerancia y la igualdad. La humanidad estaba convencida de que, de la mano de Satanás, la construcción del cielo había comenzado en la tierra.

En cuanto a los ángeles de Dios, la duda destructiva sobre su propia naturaleza comenzó a desgarrarlos salvajemente. Poco a poco, colmillos nacieron de sus bocas y garras de sus manos. Facciones aterradoras se formaron en sus rostros. Embriones del mal comenzaron a latir enloquecidamente en sus entrañas, deseando nacer para la destrucción de la humanidad.

LA BÚSQUEDA

Después de perderme muchas horas en el bosque mientras hacía senderismo, encontré en la orilla del río una cabaña habitada por un padre, una madre y su hija de poco más de veinte años. Me recibieron afectuosamente y me invitaron a quedarme con ellos esa noche. A la mañana siguiente, sintiendo una enorme gratitud, les dije adiós y comencé el viaje de regreso a mi casa en la ciudad. Después de eso volví a visitar la cabaña siempre que se daba la oportunidad. Unos meses después, la hija se convirtió en mi esposa.

Con esto llegué a entender que perderse es una manera inconsciente de salir a buscar.

EL TEMPLO

Finalmente decidió llevar a cabo la idea que había estado entreteniendo por años. Sacó todos sus ahorros del banco y pidió dinero prestado a su familia y sus amigos. Estaba seguro de que podría devolver los préstamos después de echar a andar su proyecto.

Comenzó a construir con gran entusiasmo, y su fe en la verdad de su idea se fortalecía con cada piedra que sumaba a los cimientos de su edificio.

Cuando le contó por primera vez a su familia acerca de su proyecto, reaccionaron con estupor y enojo. Le pidieron que desistiera de inmediato. Pero él se negó con vehemencia y trató de convencerlos de la verdad de su idea. Lo echaron de la casa. Se sintió muy triste, pero esto no impidió que siguiera trabajando en lo suyo día y noche con una voluntad inquebrantable.

Noticias de lo que estaba haciendo llegaron a los oídos de sus amigos y conocidos. Su estupor fue tan grande que dejaron de hablarle. Los rumores sobre el propósito de su edificio se expandieron como el fuego. La gente sintió odio por él y le lanzaron bolsas de basura y piedras y excremento. Lloró amargamente, pero nada lo hizo dejar de avanzar hasta el fin de su proyecto.

Antes de un año, el edificio estaba completo. Lo llenó con muebles y todos los accesorios necesarios para la oración. Entonces comenzó a practicar rituales con la más absoluta reverencia, mientras lágrimas caían de sus ojos.

Algunos de sus enemigos comenzaron a espiarlo desde la puerta del edificio. Miraban asombrados cómo sopesaba cuidadosamente sus plegarias. Después de poco tiempo, empezaron a entrar al edificio y a observarlo de cerca. Él los recibía con enorme bondad y les ofrecía comida y bebidas deliciosas.

Poco a poco el número de visitantes aumentó, y esto llenó su corazón con una felicidad perfecta. Siempre les daba la bienvenida con los brazos abiertos y una sonrisa amable. Le preguntaron sobre su religión nueva... y sus rituales. Él contestó preguntas e indagaciones con cordialidad y cariño. El número de visitantes de su templo siguió creciendo a medida que se corría la voz sobre sus altos principios. Así, también, el número de creyentes y peregrinos, de gente que venía a rezar, aumentó más allá de cualquier expectativa. Por esto, decidió construir más templos tanto en el país como fuera de él. Pronto comenzó a dar conferencias y clases de religión que se volvieron tremendamente populares.

En un plazo muy breve, el culto al dinero se extendió por todo el mundo y se convirtió en la religión oficial de cada país de la tierra. De esta manera, por primera vez en la historia, una nueva religión surgió para unir a toda la humanidad bajo su signo.

EL MENSAJERO DE LAS ESTRELLAS

Una noche muy fría. Son cerca de la una de la mañana. El sol está haciendo su trabajo en otra parte del mundo. El cielo está claro. Las estrellas titilan con ritmos nerviosos. Una escarcha asesina cae pesada sobre la ciudad y sobre el cuerpo de un niño sin familia, de ropas rasgadas, seis años. Parece que hubiera nacido recién ahora del vientre de la tragedia, que es siempre fértil en todo lugar y en toda hora. El frío se burla de él, riéndose con crueldad dentro de su cuerpo tierno. Tiembla. El hambre y el miedo forman junto al frío un triángulo letal. Los jirones de su ropa se confunden con los jirones de su vida. Las calles están casi desiertas. Camina como una brújula que ha perdido el norte. Cuando el hambre muerde su pequeño cuerpo, busca entre las bolsas de basura algo para comer. Sujetando en su mano la corteza de un pan ennegrecido, come con avidez. Por el rostro caen lágrimas que no siente. Los gatos estudian a su competencia con cuidado. El triángulo letal lo observa con desprecio.

Él se sienta en el suelo y sopla sus manos sucias. Mira al cielo y ve a las estrellas titilando ansiosas. Con sorpresa se dice: "Las estrellas también están sufriendo de hambre y frío y miedo... Desearía trepar hasta ellas para acompañarlas en su tristeza y olvidar la mía. Son tantas. Y tanta gente miserable que hay en el mundo".

Una lágrima caliente baja por la mejilla hasta que el frío la congela.

Luego de un rato, mientras mira al cielo, ve que cae un cometa, lejos. "Las estrellas han mandado un mensajero para llevarme hasta ellas —dice con una voz que se levanta en alas de alegría—. De seguro me escucharon... pero el mensajero de las estrellas no sabe con certeza en qué lugar estoy. Lo voy a buscar."

El pequeño se levanta, tratando de pasar sobre el triángulo letal. Parte con pasos rápidos y cortos, buscando al mensajero de las estrellas. Camina aquí y allá por calles y callejones. Su cara rebosante de inocencia

y maravilla de niño. Después de una hora, la desesperación toma su corazón pequeño: "¿Dónde estás, mensajero de las estrellas?, ¿Dónde estás?".
El peso del cansancio lo arroja al suelo. Llora. Con sus labios pequeños repite "Dios mío" con voz suavecita.
En la mañana temprano, un hombre del camión de la basura que levanta bolsas llenas de inmundicias nota un pequeño cuerpo arrinconado en una esquina. Se acerca un poco y ve que es el cuerpo de un niño que se ha rendido ante un triángulo letal.

PUREZA

Debido a que era un lago de gran pureza, los otros podían pescar sus peces con facilidad.

UNA REUNIÓN INSÓLITA

El grupo se sentó en torno a una mesa rectangular. El niño se sentó frente al momento. El adolescente frente al minuto. El joven frente a la hora. El hombre frente al día. El hombre de mediana edad frente al mes. El viejo frente al año.
"Me cansé de esto. ¡Me quiero parar!", el niño le dijo agitado al momento.
"¡Yo también! —dijo el momento exasperado—, ¡Me voy!"

Los dos saltaron de sus sillas contentos.

"Me estoy aburriendo —le dijo el adolescente al minuto—. La vida es bella y quiero disfrutar hasta la última gota".

El minuto estuvo de acuerdo y los dos brincaron de sus sillas riéndose.

"La vida es una mujer fascinante —el joven le dijo feliz a la hora—. No voy a dejar que pase de largo".

Cuando la hora hubo pasado, los dos se fueron.

"La vida es trabajo y lucha —el hombre le dijo al día—, debería haber tiempo para descansar".

Después de que el día hubo terminado sus veinticuatro horas, los dos se levantaron y partieron.

"La vida es tediosa y agotadora —el hombre de mediana edad le dijo al mes—. Sentémonos un momento antes de salir".

Un mes después los dos se marcharon.

El viejo le dijo al año con desesperación: "La vida me ha gastado y me ha destruido casi por completo. Hemos casi dejado de existir".

El año le respondió con sorna: "Qué estúpido eres".

Envolvió al viejo en una sábana blanca y en silencio atravesó con él un halo de niebla camino a una tierra de pureza mágica.

SEMILLAS SOSPECHOSAS

Sus padres lo criaron desde su tierna infancia en un paraíso de elegancia y lujo. Todas sus demandas le eran concedidas, aun las más insignificantes. Los jardines de su alma virgen fueron sembrados con semillas sospechosas. Cuando llegó a la adultez, su sentido de la responsabilidad había muerto hace tiempo. Salió al infierno de la realidad con ropas exquisitas y una esencia despedazada. Cuando llegó a la mediana edad, el calor negro de las llamas había quemado sus ropas. Pasó el resto de su vida en jirones, adentro y afuera.

SUBLEVACIÓN

Los relojes alrededor del mundo decidieron unirse contra la tiranía y la hegemonía absoluta del tiempo. Cada reloj comenzó a mover sus manos como quería y cuando quería. Gritaron con una sola voz: "¡Larga vida a la libertad! ¡Abajo la tiranía y la opresión!". Brindaron por su libertad y su independencia. Sin embargo, después de un tiempo, la gente de todas partes del mundo se quitó los relojes de pulsera, bajó los relojes de pared y los tiró todos a la basura, y se formó el cementerio de relojes más grande de la tierra. Se produjo una nueva generación de relojes con un dispositivo que no les permitía mover las manos a sus anchas. Los relojes lloraron lágrimas amargas ante el regreso de la tiranía.

EL AJO Y LA FLOR

El dueño de la casa puso sobre la mesa la bolsa de ajo que había comprado en el mercado y fue a cambiarse de ropa. El ajo miró con asco una flor que estaba en la misma mesa y se dijo: "¿Acaso este tarado no me podría haber puesto en otro lugar mejor y no junto a esta cosa maloliente?".

O NADA

El número siete miró al cero parado a su izquierda y le dijo: "¡O nada! O nadie. Eres como un vagabundo o un mendigo entre los humanos. Nada bueno o provechoso puede venir de ti". Pero el cero siguió en lo suyo, tranquilo, hasta que llegó a estar a la derecha del siete. El siete quedó anonadado por la sorpresa y miró al cero con enorme respeto.

"¿Querrías ser mi invitado para siempre? —preguntó el siete con voz melosa—. ¡Y qué mejor que si invitas a la mayor cantidad posible de tus amigos ceros a unírsete!".

RAYOS Y TRUENOS

El rayo le dijo al trueno con arrogancia: "Soy más rápido que tu sonido y mi impacto es mayor". Inmediatamente se lanzó hacia un árbol en un bosque y lo partió por la mitad. Su luz iluminó el bosque. Solo un instante después estalló el sonido del trueno y la lluvia cayó a raudales, y se extinguió el fuego.

APOYADO EN UN HUESO

Apoyado en un bastón, el padre volvió a casa después de un mes de viajar en busca de comida tras una hambruna que destrozó el país casi por completo. La hambruna había devorado lo que quedaba de su carne y su esperanza. Viendo a su padre venir desde lejos, el niño de cuatro años le gritó a su madre: "¡Viene papá apoyado en uno de sus huesos!".

EL PRECIO DEL PERFUME

Samer, un estudiante de segundo grado, se fue feliz de la escuela después de haber sacado un puntaje perfecto en matemáticas. Apuró el paso para llegar pronto a casa y contarles a sus padres las buenas noticias.

En la esquina, apareció frente a él un viejo de unos sesenta y tantos años. Tenía el rostro de un ángel. Su barba era larga y blanca. Cuando Samer llegó junto a él, el viejo se inclinó y le dijo tibiamente: "Pequeño, ¿quieres perfumar tu mano?".

Samer dudó… Su mamá le había dicho que no hablara con extraños... pero qué más daba... el viejo parecía bueno como su abuelo.

"Claro, abuelo", le dijo con inocencia.

El viejo sacó de su bolsillo un frasquito de perfume y untó un poco en la palma del niño. El niño inhaló profundamente y voló alto por el aire encantado. Pero después de un momento, cayó aplastado por las palabras que se mezclaban con amenazas fangosas: "¡Págame el precio del perfume!".

Samer miró la cara del abuelo y vio que su rostro se había incinerado para dar paso al rostro de un lobo aullante. Retrocedió unos pasos. Una plaga de langostas asoló sus bosques vírgenes y los devoró en segundos. La voz del lobo lo estremeció otra vez: "¡Págame el precio del perfume, pequeño bastardo!".

En medio del borrón de su miedo, Samer vio sus colmillos. Sintió como si todo el mundo se hubiera convertido en colmillos y jadeos rabiosos. Los retazos de su tranquilidad se hicieron un ovillo dentro de las pupilas del monstruo. No sabía cómo sacar su mano de entre las garras. No se dio cuenta de nada hasta que estuvo corriendo, como un conejo que huye de su cazador, mientras la pregunta amenazante hacía temblar el suelo con sus patas: "¡¿Estás tratando de robarme, pequeño perro?!".

El puntaje perfecto en matemática se evaporó... las langostas se acomodaron en su alma que había sido un bosque hermoso... Corrió hasta la casa por un túnel oscurecido por los aullidos de los lobos.

SIN RESPIRAR

Antes de dormir, el hombre señaló el ramo de flores en la mesa de noche y le dijo a su esposa: "Pon las flores en el balcón, querida, para que no consuman el aire del cuarto". En el mismo instante, las flores se decían preocupadas: "Si solo durmieran afuera para no respirar el aire y dejarnos sin nada".

EL GRAN CAMIÓN

Desde la ventana de mi oficina vi a gente correr aterrorizada mientras apuntaban hacia un gran camión cisterna estacionado junto a la vereda. Parecía el día del juicio final. Algunos ancianos que corrían cayeron al piso y nadie pensó en darles una mano... Gritos, alaridos, frases sueltas — "¡Ayuda!" "¡Sálvennos!" "¡Vamos a morir todos!" — manchaban el horizonte con su veneno y su mugre. Unos minutos después la calle estaba libre de peatones.

La vista me quitó el deseo de bajar a averiguar qué estaba pasando. En cambio, tomé mis binoculares y miré con ellos hacia el camión. Las letras en el estanque decían NACIÓN BAJO PRESIÓN. ¡INFLAMABLE!

EL PLANETA ARDIENTE

Para evitar que se conocieran sus puntos débiles, la Tierra impidió que sus volcanes hicieran erupción. Pero pronto se convirtió en un planeta ardiente y finalmente, estalló. Sus fragmentos volaron a través del universo y, millones de años después, pasaron a ser parte de un nuevo planeta que vivió mucho más que la Tierra porque nunca intentó evitar la erupción de sus volcanes.

UN MOMENTO DE DIGNIDAD

Sucedió que noté un momento de dignidad que flotaba en el cielo. De inmediato tomé una flecha y lo derribé. Tan pronto como tocó el suelo miles de manos se abalanzaron hacia él. Me alejé con el corazón hecho trizas por los miembros cercenados de un momento de dignidad.

REUNIÓN

Las rocas convocaron una reunión de emergencia, pero nada salió de allí excepto un terrible estruendo.

PARÁLISIS PARCIAL

Se dice que en el futuro el mundo alcanzó un nivel de desarrollo sin precedentes, pero que una parálisis parcial lo incapacitó y previno que se pusiera a la par del progreso de otros planetas.

MESA RECTANGULAR

Hace tiempo los líderes del mundo decidieron cambiar la mesa rectangular en torno a la que se reunían por una redonda. De esta manera, nadie parecería ser más importante que el otro. Sin embargo, desde el comienzo de la vida en este planeta redondo, la diferencia entre las naciones solo se ha vuelto más profunda y extensa.

UN PAÑUELO DE LIBERTAD

El dictador estornudó. Sacó a la libertad de su bolsillo y se sonó con ella la nariz. Después la arrojó en el basurero.

LA LUCHA DE LOS OPUESTOS

La naturaleza dijo: "El mundo se construye sobre la lucha de los opuestos".
El tirano agregó: "¡Bajo mi mandato!".

LÁGRIMAS SIN LLAMA

La vela estaba asombrada de ver a la viuda sollozando por su recientemente difunto esposo. "¿Cómo es posible? —se preguntó—, ¿que sus lágrimas caigan sin que haya una llama sobre su cabeza?"

ALMA DE CENIZA

En un café que miraba hacia un mar ondulante de cabezas y cuerpos de distintas formas y tamaños, miró la ceniza de su cigarrillo en el cenicero y se preguntó con angustia si habría alguna manera de botar la ceniza de su alma quemada en caso de que sintiera la necesidad de hacerlo, y cuál sería el cenicero adecuado para la ocasión.

Nubes de vapor caliente se levantaron en sus cielos sonrojados. Se volvió hacia los grupos de peatones que avanzaban por la vereda junto al café, sus cabezas subiendo y cayendo como las crestas de las olas mar adentro, sus cerebros henchidos con vida... con el subir y caer.

Examinó sus caras, selladas por el fuego de la melancolía y el infierno de la escasez. Examinó a los viejos, sus espaldas arqueadas por el tiempo, preparándose para lanzar las flechas de sus almas hacia el otro mundo.

De pronto, la bandera brillante y en colores de la imagen de ella alborotó sus cielos de otoño y llegó la primavera. Su vida se abrió con gozo y él la besó con ternura... con ternura. Inspiró profundo, su perfume aún ardía, una bandera hecha de la luz de los ángeles, movida por la brisa de su perfume. "¿Dónde está ahora? —se preguntó una y otra vez—. Debe estar casada y con hijos." Tomó distancia y le dio a sus memorias una mirada fría antes de que pudieran seguir adelante con su terrible narrativa. Buscó sus pastillas en el bolsillo de su abrigo. Vio la herida profunda de su vida, semejante al cráter de un volcán exhausto de hacer erupción y extinguido a pesar de sí.

Sintió la ceniza de su alma y se preguntó cómo sacarla y esparcirla bajo las ruedas del vehículo acerado de la vida.

SIGNO DE INTERROGACIÓN

En una noche muy clara mientras descansaba en el techo de mi casa mirando las estrellas, noté en los espacios vacíos entre ellas signos de pregunta más numerosos que los mismos astros. Luego de unos minutos me quedé profundamente dormido.

A la mañana siguiente me senté en el balcón a beber una taza de café. Miré las llanuras silenciosas y las montañas envueltas en nubes como gigantes arropados en secretos. Vi incontables signos de interrogación.

Después de que terminé el café, entré para afeitarme. Me vi en el espejo, el signo de interrogación más grande que el ojo puede ver... retrocedí aterrorizado... Desde ese día siento un gran odio por los signos de interrogación.

QUIENQUIERA QUE SEA FELIZ

Me detuve en la cima de la colina más alta de la ciudad y le grité a la gente: "¡Quienquiera que sea feliz, que me siga!".

Solo un grupo pequeño me contestó, no más que los dedos de una mano. El resto me miró con sospecha y me dio la espalda.

Repetí mi llamado, esta vez más fuerte que la vez anterior. Pero la multitud estaba inerte e insensible. Lo repetí una tercera vez con una voz más cercana a un alarido. Me miraron con odio. Algunos me arrojaron huevos y tomates podridos.

Cambié mi llamado y grité de nuevo: "¡Quienquiera que esté triste, que me siga!".

La expresión de la gente cambió de pronto de tristeza e indignación a satisfacción y alegría. Corrieron hacia mí con el entusiasmo de los niños, respondiendo al llamado de tristeza con gran felicidad. El pequeño grupo que había contestado al primer llamado pagó el precio de su felicidad siendo aplastado contra el piso.

La manada de lobos avanza, con los ojos enrojecidos, por el bosque enorme sobre el que ha caído un frío polar. Buscan presas para aplacar a los monstruos del hambre que nunca se cansan de rugir, día y noche. Los corazones de los lobos tiemblan y estos se lanzan a correr sobre los montes de nieve como si escaparan en vano del demonio de la escasez.

El jefe de la manada alcanza la cima de una de las colinas blancas y observa el horizonte que se oscurece, su superficie helada decorada con las pinceladas del atardecer.

Levanta su cabeza y deja salir un aullido interminable que llena los corazones de las criaturas débiles del bosque con terror a lo desconocido. Se quedan inmóviles y aguzan los oídos esperando por la muerte que podría sorprenderlos en cualquier instante.

El rugido de los monstruos del hambre corre por las venas. El jefe da un giro y corre, siguiendo el olor de sus instintos. La manada lo sigue atravesando la tierra baldía, dejando atrás árboles exhaustos bajo su carga de nieve. "Carne... carne tibia fresca por la cual aún corre el pulso de un corazón latiente, ¿dónde estás? Los colmillos y las muelas hace mucho que están listos para devorarte."

Las glándulas salivales pulsan... la manada corre jadeando... el instinto es jadear. Pero la sorpresa los alcanza cuando encuentran tres ciervos que beben agua de un gran lago. Desnudan sus colmillos y sueltan aullidos temibles.

Por algunos segundos los ciervos los contemplan con terror, luego se deshacen sobre el suelo, una pila de huesos fríos. Los lobos se congelan en el aire, mudos ante el espectáculo increíble. Huelen, los voltean con sus hocicos y sus garras. Los huesos no tienen ni siquiera rastros de carne. Los dejan, corren hacia lo desconocido, encorvados ante la tiranía absoluta del monstruo del hambre.

Siguen corriendo, jadeando atrás de las huellas de cualquier animal débil traicionado por sus instintos y empujado hacia la ruina por sus pasos extraviados.

Comienza a caer nieve espesa. Los poderes de la naturaleza no pueden rasgar tan fácil el tejido denso de las nubes. El bosque parece completamente apartado del resto del mundo, haciendo una reverencia ante las leyes de emergencia de la naturaleza. La mayoría de las criaturas huyen de su mandato y tiranía hacia la hibernación. Se quedan ahí, esperando por la ternura y la clemencia de la primavera.

El dragón de la hambruna corre tras los lobos... soplando fuego del infierno por sus narices... azotándolos con su látigo feroz.... no dejan madriguera, loma o colina hasta que la han abierto con sus garras furibundas.

No ven nada ante ellos más que pilas de carne caliente, fresca. Cavan en la nieve con sus dientes, babeando desde los rincones de sus hocicos. De improviso, el jefe avista un pequeño rebaño de cabras que trata de trepar unos árboles para comer ramas y brotes. Se dirige hacia ellas de inmediato, escoltado por sus seguidores. El terror congeló el movimiento de las cabras, ¡que se deshicieron en un instante!

Los lobos atacaron los huesos y lamieron su frialdad con la avaricia ardiente de la hambruna, destrozándolos con sus dientes. En sus mentes, el asombro se confunde con la tiranía y la crueldad sin límite de la miseria. Los huesos se quiebran y se vuelven astillas desparramadas en el hielo... revelan la profunda maldad del hambre contra quien sea que no conteste su llamada.

Los lobos de la manada dejan salir un largo aullido en el que la rabia y la insistencia se mezclan con la tristeza y el dolor en un final de *staccato* que cae como brasas diseminadas por volcanes extintos. El jefe toma una decisión que no tiene vuelta atrás: manda sus órdenes a los lobos y todos se convierten en pequeñas ovejas, las más suaves y hermosas de todas. Vagan por el bosque con la esperanza de que su treta funcionará y pondrá fin a sus miserias.

Poco tiempo después llegan a una planicie abierta donde pasta una gran manada de ciervos. Van hacia ellos lentamente y se mezclan esperando el momento oportuno para volver a su forma original y caer sobre su apetitosa presa. Pero en un respiro ocurre algo que no esperaban. Los ciervos se vuelven lobos brutales, hambrientos; sus ojos, ventanas abiertas a los fuegos del infierno. Atacan a las pequeñas ovejas y las devoran de manera salvaje. El aire se satura con un rugido horrible. Arrastran lo que queda de la carne ensangrentada para alimentar a sus cachorros, que esperan en sus guaridas.

LA SOMBRA

Una sombra terrible se extiende lentamente por sobre las cabezas de la gente, escondiendo la luz del sol. Nadie se atrevió a mirar buscando la causa, sino que inclinaron sus cabezas aun más que antes mientras la sombra enorme avanzaba de prisa.

Al fin, sus días se convirtieron en las noches más largas. La vida se detuvo. Las actividades cotidianas tropezaron. La tristeza y la depresión se esparcieron por el país. No obstante, nadie se atrevió a pensar ni por un segundo en levantar la cabeza.

Los rumores comenzaron a casarse enloquecidos y engendraron enormes números de hijos de todas las formas y colores. Algunos decían que era castigo de Dios por el nivel de deterioro moral de la gente y su desprecio a valores y principios. Otros decían que se trataba de una plaga de langostas como nunca se había visto en la historia de la humanidad y que duraría meses en pasar. Los científicos argumentaban que el eclipse solar y el eclipse lunar se habían entrelazado y formado esa persistente noche negra. La vida se había suspendido en ese estado torpe, aletargado. Los pilares sobre los cuales su civilización se había levantado se trizaron y se quebraron y el país cayó a tierra con un golpe fuerte, terrible. Esto provocó alegría y deleite a sus vecinos. Una marea de mitos y rumores pantanosos cubrieron el país. La gente comenzó a sufrir de dolores en la espalda y en el cuello.

Finalmente apareció un joven valiente que decidió levantar su cabeza hacia los cielos a pesar de las advertencias de su familia y sus amigos, para averiguar la naturaleza de esa cosa atroz que había destruido su país por completo y que había vuelto la forma de pensar de sus habitantes, incluso la de sus científicos, a un estado primitivo.

Su sorpresa fue grande cuando descubrió que el desastre lo constituía una lengua extremadamente larga. Se echó a correr lo más rápido que pudo, buscando la raíz de la lengua para saber a quién pertenecía. Descubrió que pertenecía al insignificante y desagradable jefe de una pandilla, quien, con la ayuda de sus esbirros, había preparado un plan estratégico para destruir y saquear el país por los siglos venideros.

NUNCA TOCADO

Un libro del estante con las tapas ajadas y las hojas llenas de comentarios y notas en los márgenes le dijo al colega ubicado a su lado: "¡Envidio tanto tu frescura y tu eterna juventud!".

Pero su colega le contestó abatido: "¡Nunca me han tocado!".

LA ESPADA Y LAS SERPIENTES

La espada no podía parar de quejarse acerca de las dificultades de permanecer íntegra en un ambiente corrupto. La vaina le contestó: "Las serpientes pueden enroscarse alrededor de tu rectitud, pero eso solo hace más fácil el que puedas cortarlas en pedazos".

DESVENTAJA

Cuando vi el sufrimiento de la tortuga que sin querer se había volteado sobre su espalda en el patio de mi vecino, comprendí que esa especie de protección es un tipo de discapacidad.

PÉRDIDA DE SANGRE

Después de años de perder sangre cubierta por signos de interrogación descubrí que me había estado apoyando en el lado filoso de la vida.

LA MONTAÑA MÁS GRANDE

La noche era muy clara. Las luces en los callejones empinados de la ciudad y en las casas de quienes amaban quedarse despiertos hasta tarde se desperdigaba por la montaña. Algunas de las lámparas conversaban.

Mirando a las estrellas, una lámpara le dijo a su amiga: "Mira todas esas lámparas que cubren la montaña más alta. ¡Son tantas! Dondequiera que mires las ves desplegarse copiosamente. ¿Por qué nosotras no somos tan numerosas?".

Su amiga contestó mientras examinaba con detención la multitud de estrellas: "Tal vez porque los habitantes de la montaña más grande son mucho más numerosos que los habitantes de la nuestra".

LOS DEDOS DE LA DINAMITA

Ante él, en la pantalla de televisión, apareció un grupo de líderes mundiales en una importante conferencia internacional. Frente a las cámaras se estrechaban las manos con calidez y sonreían sonrisas anchas. Su boca se abrió con sorpresa cuando notó que sus dedos entrelazados eran dedos de dinamita.

Terribles ráfagas de viento que salen desde dentro golpean la puerta de mi alma. Volviendo desde muy lejos, a través de las montañas de hierro de la vida, abro la puerta con miedo. Un bosque que tiembla dentro de las mandíbulas de un desierto de dignidad desintegrada me invade.

Sentimientos de primavera halagan a los volcanes de la ira. Dudo si entrar o no. Me vuelvo hacia el hierro de la montaña. El sol que se refleja allí me deslumbra. Me pongo un traje de buzo y sin experiencia previa entro en mí mismo.

Veo un cielo de mosaicos. Un cuervo enorme vuela desde el ojo del terror.

En la esquina de una de las calles escucho la voz de un niño que canta. Me acerco a él con pasos rápidos. Es mi niñez. Estoy cantando una canción especial que mi mamá me enseñó antes de dormir.

En una noche de luna avanzo por calles repletas de gente que me llenan de soledad. Las luces enceguecedoras de los autos me golpean los ojos. Mi curiosidad crece.

Trato de ver a los pasajeros... en vano. Me sorprende una superficie helada. Trato de deslizarme lentamente y con deliberación, pero mi pie se escapa debajo de mí.

En algunos lugares soy un adulto... y en otros soy un niño.

Mi profesora Sahar me regala una hermosa caja de

dulces cuando viene a visitar a mi madre en una espléndida tarde de verano.

"Sigue trabajando duro, pequeño", me dice mientras me da un beso en la mejilla.

En la plaza pública corro hacia los columpios. Mi padre corre detrás de mí. Me levanta y me sienta en sus hombros.

"¡Me cansaste, hijo!", dice.

Me dirijo hacia barrios mordidos por la guerra, sin un soplo de esperanza. Los miembros amputados de la paz se mezclan con los de la gente.

¿Pero quiénes son las víctimas?, me pregunto. Paso por un contenedor de basura cargado hasta sus bordes. Me asalta un violento deseo de escarbar en el pasado. Veo tristezas que surgen de la hemorragia interna del alma. Aparece frente a mí la cachetada de la maestra esa mañana gélida cuando llegué tarde a clase. Un olor se filtra por el traje de buzo: insulto sobre insulto. El vapor me quema los ojos. Decepciones acumuladas fermentan desde hace mucho en el foso del inconsciente. Buceo y buceo. La presión aumenta de forma dramática. El oxígeno en el tanque disminuye. Mi padre le da una bofetada a mi madre. Reprobar el examen. Alambres electrificados de maldad por todas partes. Rencor... la confiscación de la casa familiar... la pérdida de dinero. Por debajo de la basura, el agua podrida se abre camino en regueros borrachos.

Voy adelante y atrás por mis cuatro estaciones, mareado con fiebre por las contradicciones. La presión penetra cada célula de mi cuerpo. Me duele la cabeza. Me giro para buscar la puerta, pero apenas escucho su reprimenda. Me vuelvo hacia las direcciones revueltas, luces enceguecedoras de autos conducidos por gente que no conozco. Oscuridad profunda. Los gritos de los niños al final de un día de escuela. Odio... amor... éxito... fracaso. El futuro amamantando del pecho de una mujer desconocida. Otra superficie helada aparece ante mí. Trato de deslizarme... trato... en vano. Pero los otros que viven en mí están cayendo y se levantan de nuevo para seguir deslizándose entusiastas entre carcajadas y sonrisas. ¿No es extraño que la gente se levante a sí misma desde sus caídas en el interior de una persona que no deja de desplomarse?

En el horizonte, flores y pasto crecen en torno a las bocas de los volcanes extintos. Otro, como una arteria cercenada, escupe infierno. Los ríos de lava esculpen pasajes en la insistencia del tiempo. ¡Qué mensajeros de la locura, tejedores de conjuros!

Apuro el paso. Encantado con mi mundo por poco caigo en un pozo de arenas movedizas. ¿Qué es peor para un hombre que caer en sus propias arenas? Me vuelvo a mirar las distintas etapas de mi vida y tanteo el tanque de oxígeno... la presión... ¡la presión! ¿Dónde estás, puerta?... ¿Dónde estás? ¡Me perdí dentro de mí mismo!

Miro hacia arriba. Un espacio aterrador. Un universo enorme que mi mente no puede creer. Una mirada no puede abarcar más que una sola estrella. Oleadas de jadeos se levantan... cada vez más rápido. Camino hacia adelante guiado por una luz gastada por el hambre. Me tiemblan las manos. Desde lejos llega el sonido de los gritos del futuro. Subo y bajo, hago espirales, me tuerzo, corro por aquí y por allá, asustado de mí mismo. Finalmente llego a la puerta. La empujo y la abro con todo el terror que me habitaba. Rasgo mi traje de buzo. Respiro, llenando mis pulmones. Me siento en el suelo. Miro alrededor mientras el sudor cae con abundancia. La noche ha caído. Miro las estrellas. Me asombro y grito: "¡Qué pequeño que eres, universo!".

ALAMBRE DE PÚAS

Samir, un niño de casi siete años, estaba del todo asombrado con el comportamiento de su padre, el famoso escritor, quien se encontraba sentado en su escritorio escribiendo en una libreta amarilla, las marcas de la molestia grabadas en su cara. Cada cierto tiempo rasgaba enojado alguna página y la arrojaba al papelero. El gesto se repitió muchas veces hasta que, exasperado, lanzó lejos la libreta y se fue a dormir, murmurando algo incomprensible. Samir, de inmediato, pasó de puntillas desde la sala hasta la oficina donde estaba el papelero. Sacó de ahí un trozo de papel y lo estiró. Vio las líneas del alambre de púas y las palabras masacradas desde las que manaba la sangre como ríos. Los sobrevivientes se convulsionaban y dejaban escapar pesadillescos gritos de angustia. El niño estaba impactado. Tiró el papel al suelo y corrió a su cuarto. Se escondió debajo de su frazada, temblando ante el temible volcán que había hecho erupción en su cara. Desde ese día, siente gran compasión por las palabras y solo las escribe en papel completamente libre de alambre de púas.

LA BOTA

Pasó la mayor parte de su vida viviendo una vida de lujos y disfrutando de los paraísos de su país. Se sintió como si estuviera viviendo en el cielo. Incluso rechazó muchas ofertas de viajes y trabajos en el extranjero. Amaba a todos y sentía que todos lo amaban a él. Finalmente, decidió viajar por el mundo para estudiar los últimos avances en el campo de la obtención de descanso y comodidad, con la seguridad de que en ese tema su país no tenía competencia.

Tan pronto como el avión despegó y comenzó a elevarse dibujando un gran círculo, se sorprendió al darse cuenta de que su país visto desde el aire tenía la forma de una bota militar. Desde ese día, han pasado años y más años y su familia y sus amigos siguen buscándolo por todas partes... sin encontrarlo.

HOMBRE

Said salió del jardín público con un periódico bajo el brazo para usarlo como protección de los quemantes rayos del sol. Su cara era un campo de batalla de cientos de emociones contradictorias y preguntas electrificantes atrapadas entre el presente y el futuro. Dejó caer su cabeza como para ocultar los eventos de la aplastante batalla que se libraba en su interior.

En la vereda fuera del jardín un vagabundo pasó delante de él con las ropas hechas jirones, un olor terrible saliendo del cuerpo. De súbito, Said se convirtió en capitalista de panza prominente que fumaba un cigarro, dando pasos altivos y pensando en las ganancias de su último trato. No pudo ver al vagabundo que estiraba las manos y le deseaba éxito y una larga vida.

Poco después, un auto de lujo pasó frente a él, manejado por un alto funcionario. Said se convirtió en una oveja trasquilada en medio de una tormenta polar que amenazaba con matarlo.

Cuando llegó a la altura de uno de los hoteles más lujosos de la ciudad, se volvió una hormiga nacida sin piernas, a punto de ser aplastada.

Pocos metros antes de llegar a su casa ruinosa volvió a su estado natural: un empleado público de baja categoría que trabajaba en una agencia gubernamental, pero tan pronto como estuvo frente a su esposa e hijos, se convirtió en todos ellos.

EL HURACÁN Y EL ARROYO

Le pregunté al huracán por su destino final. Me respondió asustado: "¡Si solo lo supiera!".

En cambio, el arroyo brilló con apacible felicidad, sabiendo perfectamente bien dónde se dirigía.

IDEA BRILLANTE

Desde el mundo invisible el niño que aún no ha nacido mira su vida con ardiente deseo. Observa a los niños que juegan en el parque. Entre los gritos y la risa de sus familias, se columpian y se deslizan hasta que están cubiertos de polvo. Le gustaría ser uno de esos niños a quienes regañan para que no se lastimen, a quienes finalmente sostienen en grandes manos tibias que laten de amor y compasión, mecidos en la noche por una voz dulce que los inunda de primavera, hablándole a sus años, no más largos que las flores, leyéndoles un cuento de hadas para que duerman más, como los ángeles.

Observa las praderas y las montañas y los bosques y los mares. Se habla con una voz quebrada solo perceptible para él: "¡Qué bella es la vida!". Se vuelve hacia su padre, quien aún no se atreve a casarse, y le habla. "Te ruego que te cases, padre. Quiero estar vivo y disfrutarlo, como lo hacen otros niños. Quiero jugar y aprender en el oasis del amor tierno entre tú y mamá. Quiero crecer y trabajar y casarme y tener hijos y criarlos bien. Quiero vivir, papá."

Su padre vive en un sótano. Se ve como si enterrara dolores y le contesta con tristeza: "Hijo mío, la vida está llena de frustración y pena y lágrimas. Deberías estar feliz porque aún no las conoces. Mucha gente desearía no haber nacido. Es un mundo repleto de luchas y venganza y envidia y competencia deshonesta. Créeme, pequeño, que tu situación ahora es mucho mejor que la nuestra".

Su hijo le contestó con ardor: "Por el contrario, padre, lo veo todo muy claro. Desde la gruesa frontera transparente que me separa de ti, veo la vida emocionante y llena de placeres. Es un mundo colmado de movimientos, actividades y logros, por no decir nada del amor y la compasión que iluminan la tierra con su luz brillante. El mundo es una página en blanco".

El padre le contesta con amargura: "¿De qué amor estás hablando, hijo? El mundo inclina la cabeza bajo los golpes de la maldad y el odio y toda clase de contaminación. Cada día el infierno de la guerra logra tragar nuevas tierras desde el jardín del amor y la armonía. El fracaso devora la alegría tanto de jóvenes como de viejos. El silbido de la serpiente del desempleo se escucha en todas partes. ¿De qué te debería hablar? ¿Acerca de los niños que buscan su comida del día en los contenedores de basura hasta que sus páginas blancas se tiñen con el negror de la miseria? Crecieron armados con todas las armas del resentimiento mortal. ¿Te debería hablar acerca de una niña que se entrega a la prostitución antes de tener diez años debido a la pobreza y la desintegración de su familia? ¿Debería hablarte de la derrota tan honda que humilla a tantos por razones que ni siquiera un diablo podría imaginar?".

Su hijo le contesta, rogando: "Por favor, escúchame papá. Veo a los niños de los que hablas jugando en parques y plazas. Se ríen y gritan de felicidad. Quiero ir con ellos. La frontera transparente que separa mi mundo del tuyo es muy tupida. Eres el único, junto con mamá, que puede destruir esta barrera. Busca a mamá, papá. Te lo ruego. Búscala. ¿Con cuánta tristeza miro a las madres que alimentan con sus pechos a sus niños? Los miro con tristeza y sollozo. Tengo hambre de ternura y vida. El mundo es una página en blanco".

Su padre le contesta con amargura: "No. El mundo es una página negra. Me parece que no vas a entender mi forma de verlo".

El padre se levanta del sillón derruido y se viste lentamente. Se dirige a la puerta de la habitación angosta que por años lo ha contenido a él y a las montañas de su tristeza. La abre con una mano temblorosa y sale a la calle guiado por un cerebro abarrotado de un espeso humo oscuro. Su hijo lo sigue, rogando, implorando, llorando... en vano. Se detiene, herido, en el medio del camino, observando a su padre, quien con una última mirada se ha negado a tenerlo. Comienza a circundar la tierra, una idea brillante en busca de un padre y una madre que sean las puertas para cruzar hacia este mundo.

CABALLOS

Cabalgué el caballo del odio. Me llevó a lugares extraños, agrestes y sin caminos, mugrientos y llenos de bestias salvajes y reptiles venenosos.

Cabalgué el caballo del amor. Me llevó a lugares que encantaron mi mente con su maravilla y su magia, a tal punto que sentí la savia del paraíso penetrarme y circular por mis venas.

Pero cuando cabalgué el caballo de la objetividad fui por lugares que tenían un poco de esto y un poco de aquello.

HILO DE LUZ

Mantuve mi cabeza erguida con orgullo frente a la puerta cerrada de la vida. Por eso no vi el hilo de luz escapándose por debajo de la puerta hasta que la vejez se encargó de encorvar mi espalda.

ESPECIES DE FLORES

Cuando era humano contemplaba con placer y alegría su jardín lleno de diversas especies de las flores más hermosas. Pero cuando él mismo pasó a ser una de las flores del jardín, comenzó a encontrar las otras especies de flores extremadamente feas.

Las gotas siguen en calma y en silencio. Los pasos avanzan de manera ordenada. Sonrisas aparecen en los rostros. El ser está completamente sereno. De pronto, una bocina aguda llena el espacio. Fuerzas de seguridad se apresuran desde todos lados. Todo el mundo corre en todas direcciones. El cuerpo está a punto de estallar por la presión de los gritos y los alaridos. La policía grita: "¡Fuera, fuera del camino! ¡Fuera del camino!". Gotas de todas las clases sociales corren con terror, electrificadas con docenas de preguntas. Después de unos momentos, la carretera hacia la Aorta se queda completamente vacía excepto por el personal de seguridad contraído en ambos lados de la ruta. El convoy de la gota real pasa a gran velocidad y, después de minutos, la vida retoma su ritmo cotidiano.

Mientras tanto, en la calle, un hombre se ha sentado en la banca más cercana, jadeando con fuerza y soltándose los botones de la camisa mientras suda con profusión.

Después de unos días la situación se repite... gritos de la policía... la carretera de la Aorta completamente vaciada de sangre... fuerzas de seguridad contraídas en los dos lados de la ruta... el convoy real a una velocidad tal que el hombre pierde la conciencia. Lo llevan a terapia intensiva.

Un mes después la historia se repite y él muere de un ataque cardíaco.

LA CIÉNAGA Y EL ARROYO

La ciénaga le preguntó al arroyo con desdén: "¿Por qué eres tan delgado?".

"Porque nunca paro de trabajar", dijo el arroyo de pasada.

LA OSCURIDAD DEL HOMBRE

En una noche clara alguien golpeaba salvajemente a su puerta. Al fin, la puerta se rompió ante los golpes. Entró un hombre con bigote grueso y cara infernal, sus hombros cubiertos de estrellas. El hombre lo abofeteó y lo pateó: sangre volaba de su nariz y su boca. Entonces fue arrastrado hasta un auto pequeño, sin color, donde el hombre siguió haciendo lo suyo con la cooperación de sus colegas hasta que lo volvieron una vieja calceta rota. Lo arrojaron junto con otras calcetas rotas en una celda subterránea que parecía la arteria de un anciano muerto por culpa del cigarrillo. No pasó mucho tiempo antes de que lo pusieran en una celda aparte donde continuaron su trabajo con gran entusiasmo hasta que se volvió polvo humano. Salieron sacudiendo el polvo de sus uniformes y de las estrellas de sus hombros.

A través de la diminuta ventana de esa celda, una estrella había mirado hacia abajo con horror, diciéndose: "Nosotras alumbramos las noches de la humanidad, mientras estos, con sus estrellas, convierten la vida en la oscuridad más profunda".

HOSPITALIDAD

Se dedicó a agrandar su casa para poder recibir allí al mayor número de invitados posible. Cientos pudieron entrar y disfrutar del esplendor y la pompa más perfecta en la casa que se había vuelto un palacio, aunque solo a unos pasos de él toda la humanidad vivía feliz en el vasto corazón de su sirviente.

EL INFIERNO ENTRE DOS CIELOS

Nació de dos padres ricos que la amaban, pero después de unos años la madre y el padre pelearon amargamente y se separaron. Ella comenzó a viajar entre sus respectivas mansiones. Ninguno de los dos era mezquino con respecto al dinero o al amor por ella, sin embargo ella sufría horrores en el infierno de camino entre uno y otro. Ella hubiera deseado reunir las dos mansiones, deshacerse del camino infernal. Lloró y rogó. Buscó la ayuda de amigos y familiares sin lograr nada. Al fin, mientras iba por el camino, cayó en las lenguas de fuego, mirando todo el tiempo los dos cielos brillando en lados opuestos.

LA PERLA DEL MOMENTO

Traté de volver a la perla del momento que me había juntado con ella. La encontré viviendo dentro de una ostra. Traté de abrir la ostra con un cuchillo, pero cuando lo hice, la ostra se estremeció. La puse de regreso en su lugar y volví a mi momento.

EL LADO OSCURO

La luna deseaba castigar a los humanos por sus muchas transgresiones y por los espantosos crímenes que cometen unos contra otros y contra la naturaleza. Decidió esconder su lado luminoso para que pudieran reprimir su comportamiento y entrar en razón. Entonces ocurrió el eclipse. Grande fue la sorpresa de la luna cuando vio a millones de personas salir de sus casas para disfrutar la vista de su lado oscuro.

BANDERA DE RENDICIÓN

Una espina atravesó osadamente un pétalo de jazmín y se sintió orgullosa. No se dio cuenta que al hacerlo se había convertido en una bandera de rendición.

ARRESTO

El rey estaba lleno de rabia contra el brillo de los rayos y los estallidos de los truenos que lo dejaban insomne en las feroces noches de invierno y que lo hacían caminar de un lado a otro en su enorme habitación en el palacio hermoso con vista al lago más adorable de la ciudad. Promulgó una ley que llamaba al arresto del rayo y del trueno y ordenaba su detención en celdas contiguas.

La orden se llevó a cabo. El rey le dijo a su esposa: "¿Me pregunto cuál es la verdadera razón del ímpetu del rayo? Me trasmite su energía con mucha facilidad y me pone muy nervioso. Esto es lo que me llevó a ponerlo en prisión. Tenía miedo de que este estado poco natural tuviera efectos negativos en mi capacidad de decisión y que esto, a su vez, me llevara a causarle daño a mi pueblo, a quien amo y respeto en extremo, como bien sabes".

Su esposa, quien había estado tres horas ante el espejo afanándose en su maquillaje, le contestó con una sacudida de hombros indiferente.

Pero el rey también quería saber el secreto detrás de los vuelos enloquecidos del trueno. Convocó al mejor científico del país y le preguntó sobre esto. El científico le contestó sin atreverse a mirarlo a los ojos: "La razón, mi señor, es el choque de las nubes entre sí".

Desbordado de felicidad, el rey gritó: "¡Por esta buena noticia con la que has entibiado mi corazón, recibirás una recompensa como nunca has imaginado en tu vida! ¡Y de esta manera, yo he puesto fin a las guerras y malos entendidos entre las nubes! He difundido el principio de tolerancia y aceptación de los otros. ¡El amor inundará el cielo con sus blancas flores!".

Comenzó a caminar de un lado a otro, sobando sus manos con entusiasmo evidente. Una sonrisa ancha anclada en el rostro. Inmediatamente ordenó que se le otorgara al científico, quien estaba paralizado de asombro, una recompensa monetaria que proveería de riqueza a él y a sus nietos durante años.

Por lo que respecta al rayo, sus ímpetus y energía nerviosa continuaron por algún tiempo. Pero después dejó de alimentarse de los meteoros y de la luz de las estrellas que le entregaban por la pequeña ventana de su celda. Comenzó a consumirse poco a poco hasta que se convirtió en un largo, delgado, hilo blanco roto ovillado en una de las esquinas de su prisión. Al mismo tiempo, los increíbles rugidos del trueno se convirtieron en los maullidos de un gatito agotado por el hambre y el frío. La lluvia dejó de caer sobre el país. La tierra se secó y se perdió. Las cosechas fracasaron y los animales murieron. La gente comenzó a comerse entre sí.

El rey vivió feliz por su victoria sin precedentes obtenida al diseminar entre las nubes los principios de tolerancia y aceptación de los otros.

EL NOMBRE

A pesar de sus mejores esfuerzos, el nombre del Autor comenzó a descolgarse de la parte superior de las portadas de los libros donde había sido impreso. La confianza en sí mismo del Autor había muerto hacía tiempo, pero su nombre estaba decidido a quedarse en el lugar que le pertenecía. Clavó sus uñas en la portada suave mientras le caía el sudor, pero su cuerpo, que se había vuelto increíblemente pesado, lo empujaba sin remedio hacia abajo. De vez en cuando miraba con temor al abismo que se abría debajo de él, por donde merodeaban criaturas terroríficas, haciendo crujir sus mandíbulas hambrientas. Sus lágrimas se mezclaban con el sudor. Su cuerpo se puso escuálido y se quebraron sus uñas. Aferrándose al fondo de la portada, espiaba con cada vez peor vista las alturas donde había estado alguna vez. Un momento después, cayó al abismo y fue pisoteado por miles de pies caminando de allá para acá con ritmo frenético. El libro, en unos años, fue aclamado como una obra maestra anónima de la literatura.

LA UÑA

El recorte de uña miró a la luna creciente con tristeza.

"¿Cuándo se enterará nuestro señor de nuestras penurias? —se preguntó—. ¿Cuándo descenderá de su torre de marfil para escuchar nuestras quejas? ¡Qué grande es la distancia entre él y nosotros! ¡Cómo se debe ver el mundo desde su lugar! Sin duda debe ser bello… ¡terriblemente bello!"

LA MUJER LÁCTEA

Cuando el granjero ordeñaba a su vaca su mujer se acercó, cargando a su bebé. Se sentó en una roca cercana y sacó su pecho y amamantó al niño. Cuando la vaca la vio haciendo eso, se dijo con molestia: "¡¿Por qué este extraño no me deja en paz y se contenta con ordeñar a su mujer?! ¡¿Por qué esta molestia diaria?! Quiero que mis crías tengan su ración de leche. Nunca he visto a un hombre ordeñar a su mujer ni siquiera una vez. ¿Es solo porque somos vacas? ¡¿Qué tipo de esclavitud es esta?!".

DESTINO

En una multitud de hormigas, dos conversaban a cierta distancia de las demás. Una le preguntó a otra: "¿Cuál, según tú, es la verdad sobre el destino?".

Frunciendo los labios, la amiga pensó por un momento y dijo: "Creo que es un poder enorme, mucho más grande que nosotras y del cual no podemos escapar. Es más, su grandeza es tal que puede hundirte o encumbrarte sin siquiera saber de tu existencia. A veces…".

Entonces las sorprendió el pie enorme de un niño que jugaba a la pelota, aplastando a una gran cantidad de hormigas. Las dos que conversaban escaparon milagrosamente de la masacre. El niño siguió jugando sin sentir nada. Las dos amigas se alejaron corriendo lo más rápido que pudieron, temblando de horror. Cuando llegaron a un lugar seguro y su respiración acelerada se había calmado, la segunda hormiga le dijo a su amiga: "Ese es el destino, querida, ese es el destino".

¿POR QUÉ LAS MUJERES NO PONEN HUEVOS?

Desde el gallinero, dos gallinas escuchaban a su ama gritar mientras paría a su bebé.

"Imagínate —una le dijo a la otra—, la hembra humana da a luz a sus crías sin una cáscara que los cubra. Sin duda esa es la razón detrás de sus gritos y su ulular de mujer enloquecida: sufre una herida terrible y le brota sangre en abundancia. Lo vi una vez con mis propios ojos. Y esta también es la razón detrás de los gritos de los recién nacidos. Ellos también sufren mucho como resultado de este parto tan poco natural, incluso, algunos mueren al poco tiempo, como le pasó a mi ama el año pasado. ¡Qué mejor y más seguro que la forma en que nosotras las gallinas damos a luz!"

"Ay, las hembras humanas", contestó la amiga.

EL HOMBRE Y LA LEY DE LA NATURALEZA

El hombre arrestó a la Ley de la Naturaleza y la puso en una celda de diamante. La acarició con su genio y se burló de ella con los productos de su razón. Para celebrar la ocasión, bebió docenas de copas de vino y se desplomó borracho, las pulsaciones de la felicidad acomodándose en su corazón. La Ley de la Naturaleza deslizó su mano hacia uno de los vasos y lo volcó dentro de sus entrañas hasta el último rastro de aroma para así olvidar su prisión. Agarró un segundo vaso, un tercero y un cuarto. Perdió el equilibrio y trastabilló de un lado a otro. Rio y lloró y vomitó y golpeó su cabeza contra los barrotes de diamante. Cayó, su cabeza cubierta de sangre. Juntó el resto de sus poderes gastados y terminó el resto del vino. Cayó en las faldas de la muerte, y la muerte la sostuvo con fuerza, abrazándola a ella y al hombre, juntos.

¿QUIÉN MERECE UN BOZAL?

El dueño de la casa, queriendo dormir tranquilo, le puso un bozal al perro. Apenas hubo hecho esto, estalló una pelea feroz entre él y su irascible esposa por esto y por aquello. Sus gritos sacudieron las esquinas de la casa y molestaron a los vecinos. El perro los miraba, asombrado, y se decía: "¿Quién merece este bozal... ellos o nosotros? ¿Quién merece estos collares que ponen en nuestros cuellos como si se prepararan para colgarnos? Aguantamos su arrogancia y su crueldad y les damos nuestra fidelidad en abundancia, más de la que ellos se dan entre sí. Cuando queremos expresar nuestros sentimientos escondidos en nuestra hermosa lengua de ladridos, tal como hacen ellos en su lenguaje sin gracia, nos ponen bozales en la boca sin otro propósito que ejercitar su locura". Suspirando con amargura, continuó: "Nuestros abuelos tenían la razón cuando decían, '¡bozal para los hombres, elocuencia para los perros!'".

CEBRA CORRIENDO EN DOS PATAS

Una manada de cebras pastaba en la pradera cuando una de ellas vio a un hombre que escapaba de una prisión cercana con el uniforme de los prisioneros tan parecido a los colores de este animal.

"¡Miren... miren a la cebra que corre en dos patas!", les dijo a sus amigas con sorpresa. Todas miraron maravilladas.

"Que apariencia tan extraña —dijo otra—. Me pregunto de dónde vendrá." La respuesta vino de otra cebra: "He escuchado de un lugar donde este tipo de cebra se congrega".

Entonces la mayor de las cebras, respetada por todas y considerada la sabia de la manada, suspiró y dijo con voz profunda: "Esta es una de las maravillas del mundo, queridas".

Mientras el prisionero en fuga se perdía de vista, los asombrados ojos de las cebras se quedaron fijos en la cebra sabia.

QUIÉN GUÍA A QUIÉN

El burro no había dado más que unos pasos cargando en su espalda a su amo, el vendedor viajero, cuando se detuvo de improviso para no moverse más. El vendedor lo espoleó en vano con los pies. Se bajó y tiró de las riendas con toda su fuerza sin resultado. Lo insultó con cada insulto que se le vino a la cabeza. El burro rebuznó en protesta diciendo: "¡Creo que es tu turno de llevarme a mí! No me voy a mover de aquí hasta que me lleves en tu espalda, te he cargado todos estos años. Es muy raro, señor, ¿acaso no merecemos nosotros, la comunidad de burros, sublevarnos aunque sea una vez contra la degradación y la vergüenza a la que se nos somete durante nuestras vidas? ¡No es posible lograr un entendimiento con ustedes en el tema de nuestros derechos y cómo defenderlos cuando hablan una lengua extraña con voces que son el colmo de la fealdad! No hay más medio que la revolución. ¡Solo si pudieras entender esto, tú, que crees pertenecer a una especie tan excepcionalmente inteligente!".

LA DUREZA DEL SOL

Desde el otro lado de la Tierra, la Luna miraba al Sol con curiosidad y le preguntó: "¿Por qué no dejas que la gente te mire a mediodía? Yo los dejo mirarme y disfrutar de mi belleza desde mi primera aparición como creciente hasta que me vuelvo Luna llena, repletando el universo con mi belleza e inspirando a poetas y artistas los más hermosos poemas y melodías".

El Sol la miró y dijo con una voz llena de poder y seguridad: "El mediodía, querida, es para trabajar y ganarse el pan. Los dejo admirar mi belleza al amanecer y durante la tarde. ¿Cuántos poetas han cantado mi despertar y mi atardecer? ¿Cuántos amantes han intercambiado besos ardientes a esas horas?".

Cuando la Luna escuchó su respuesta, frunció su ceño y no dijo una palabra.

¿QUIÉN ES EL MEJOR?

Por largo tiempo el cielo de una de las habitaciones de la casa del pobre granjero se había comportado de manera arrogante con el suelo. No dejaba de repetir noche y día: "Soy más alto que tú. Soy el símbolo de las ambiciones nobles. En cambio a ti, te aplastan pies y estás cubierto de tierra".

Enojado, el piso solo lo miraba con odio pero sin contestar.

Un día, el granjero encontró una jarra con oro en el piso. Este se estremeció de risa y le dijo con sorna al cielo: "El tesoro escondido está en mí y no en ti". El cielo deseó que el suelo se abriera y lo tragara.

NO SABEN CÓMO LADRAR

En el patio, dos perros, uno negro y otro blanco, miraban a su amo cortar el pasto. El negro le dijo a su amigo: "¿No ves lo triste de que esos humanos tengan un sentido del olfato tan débil?... Para nosotros basta con olfatear nada más que el rastro de uno de ellos para poder seguirlo tan lejos como sea necesario. Y ni hablar del hecho de que podemos distinguir olores que están a cientos de metros de distancia. Percibimos el peligro de inmediato, sin importar que tan oculto está. En cambio, ellos no pueden oler nada a menos que esté directamente abajo de sus narices".

El perro blanco movió su cabeza, burlándose, y dijo: "Como si no fuera suficiente con lo estúpidos que son, ¡ni siquiera saben ladrar!".

LAS MEJORES CRIATURAS

La madre hormiga le pidió a su hijo que se apurara y llevara lo que quedaba de las reservas de invierno.

"Estoy cansado, mamá", se quejó el hijo.

"¿Qué dices, hijo? —contestó la madre—. La característica que distingue a la comunidad de las hormigas del resto de la criaturas es nuestra energía colosal y nuestro espíritu y capacidad de lucha. Es esto, precisamente, lo que nos hace las mejores criaturas de la tierra."

El hijo le contestó titubeante: "Pero yo he escuchado a algunos de mis amigos decir que los humanos son las mejores criaturas y las más poderosas en su capacidad para luchar".

La madre sacudió su cabeza con sorna, diciendo: "Esas criaturas que crees que son las mejores y las más poderosas en su capacidad de lucha han desperdiciado decenas y centenares de años desde el comienzo de su existencia en guerras que no han resultado en nada más que la destrucción del hermoso legado que han construido y en la muerte de millones de ellos. Sin duda han tenido muchos genios que han llevado a sus naciones beneficios incalculables y que si no fuera por esta destrucción estarían muy bien. Esta especie, hijo, da un paso adelante y muchos hacia atrás. No es un ejemplo a seguir de ninguna manera. ¡Ven, vamos! De vuelta a trabajar".

ARROGANCIA

Mi hermano rico me prestó una suma de dinero envuelto en una gruesa coraza de arrogancia. Traté de quebrarla con una piedra... en vano. La golpeé contra una muralla... Usé un martillo y un yunque... sin lograr nada. Se lo devolví a mi hermano, quien trató de resolver el problema usando todos los métodos disponibles. Pero la coraza conservaba la dureza de la arrogancia. La puso de vuelta en su bolsillo... y la arrogancia se disolvió.

SUBA USTED PRIMERO

En la estación de tren vi a gente del Tercer Mundo subirse a trenes que se dirigían al pasado. Al mismo tiempo, gente del Primer Mundo abordaba máquinas destinadas al futuro. Luego de unos minutos, me llamaron la atención dos hombres del Tercer Mundo. Intentaban abordar un tren al futuro. Cada uno de ellos le rogaba al otro en nombre de Dios que se subiera primero al tren.

Entretanto, el tren dejó la estación a toda velocidad. Los dos hombres se quedaron paralizados, atontados por la sorpresa. Entonces, rápidamente se dirigieron hacia el tren al pasado, empujándose con violencia.

UNA BOMBA EN LAS TRADICIONES

Puse una bomba nuclear en los pliegues de las tradiciones gastadas. Después de la explosión quedaron como antes, aunque más gastadas que nunca.

ABRAZO

En un jardín apacible los árboles se abrazaban sobre dos hermanos que peleaban.

OPORTUNIDADES PERDIDAS

Dejé tras de mí un gran número de oportunidades perdidas. Las apilé en un rincón de mi memoria e hice todo lo posible por olvidarlas. Pero sus cuerpos comenzaron a descomponerse y llenaron mi vida con su olor detestable.

EL AMIGO FIEL

El barco se regocijó cuando vio el haz de luz del faro a través del mar agitado. Se dijo feliz: "He aquí un amigo que nunca es infiel".

Al mismo tiempo, el faro se decía a sí mismo con determinación: "Nunca, mientras viva, traicionaré su confianza".

DESDE LAS PROFUNDIDADES DEL FUTURO

La Segunda Guerra Mundial le dijo con orgullo a su colega, la Primera: "¡Dentro de mí hay millones de víctimas!'". La Primera Guerra Mundial le contestó irritada: "Yo no me he quedado atrás". Entonces las alcanzó un enorme sonido del futuro que declaró: "¡Yo los devoraré a todos!".

ACUERDO DE PAZ

El fuerte y el débil firmaron un acuerdo de paz. El débil enmarcó el documento en marco de oro y lo puso en la habitación principal de su casa. Convocó una conferencia de prensa para hacerle publicidad al suceso con fotografías y artículos. Lo consideró su propio renacimiento. El fuerte, por su parte, usó el papel para hacer un pañal para su bebé.

DISTINTOS TIPOS DE FLORES

Una flor plantada en el borde del balcón miró con rencor a otra que estaba dentro de la casa. Le preguntó a la flor más cercana: "¿Por qué esa planta sin mérito alguno es bienvenida dentro de la casa mientras a nosotras nos dejan morir de sed bajo el sol?".

"Debe conocer a alguna flor importante", le contestó su vecina.

LA BANDERA Y EL FUEGO

Una bandera que colgaba inerte de su asta miró con dolor cómo las llamas de un fuego bailaban felices solo unos metros más allá. "¿Qué tipo de brisa te hace palpitar así?", preguntó. El fuego se rió misteriosamente pero no dijo nada.

VIAJE

Mi imaginación me llevó a un viaje hacia tierras maravillosas de gran civilización. Desafortunadamente, quedó tan encantada con la forma de vida que decidió instalarse allá. Me hizo regresar solo a vivir mi vida sin ella.

INSULTO

Un hombre de principios fue forzado a tragarse un insulto. Se atragantó y murió. El lamebotas, en cambio, persiguió al insulto con toda su energía, temeroso de morir de hambre.

MALDAD HUMANA

Jactándose ante la bomba nuclear, la granada dijo: "¡No puedes imaginar toda la maldad que tengo adentro!".

"¡Qué es tu maldad comparada con la mía!", le respondió la bomba.

La maldad humana los escuchó y reprendió diciendo: "¡Idiotas, yo las fabriqué a ambas!".

TRATANDO DE PASAR

Uno de los minutos trató de pasar al compañero que iba adelante, pero la mano del tiempo lo abofeteó tan fuerte que lo lanzó varios minutos atrás. Estaba comenzando a recuperarse cuando fue abofeteado otra vez, de regreso a su lugar en el tiempo.

SEPARACIÓN DE HUESOS

Un guardia de la prisión trajo una pila de huesos y le dijo con arrogancia al prisionero: "Si logras separar los huesos de animal de los humanos te dejaremos en libertad de inmediato". Se marchó con una risa sádica. El prisionero se pasó años tratando de separar los huesos en vano. Finalmente cayó muerto sobre la pila y sus propios huesos, poco a poco, se perdieron entre los otros.

CUANDO EL GORRIÓN FUE ENCARCELADO

En el mismo momento en que el gorrión fue encarcelado, la libertad sintió que su pulso se debilitaba, perdía fuerza. Rodaron lágrimas por sus mejillas y se llevaron con ellas toda su felicidad. Por su lado, en ese mismo instante, la jaula se sentía dichosa, inundada por una enorme sensación de alegría: por fin su vida tenía sentido.

PIEDRAS

Los países del Tercer Mundo se derrumbaron sobre el lago de la vida y llenaron el aire con un ruido de consignas y abuso. Pero pronto se instalaron en el fondo y la calma reinó nuevamente.

LA LUZ Y LA PUPILA

La luz en torrentes le dijo con resentimiento a la pupila de los ojos: "¡Eres tan cobarde!".

La pupila dijo con tranquilidad: "Tengo espacio suficiente para los tontos".

UNA BOLSA DE POBREZA

Después de años de intentos desesperados, al fin la gente había logrado reunir la pobreza de todo el mundo y comprimirla en una bolsa gigante, mientras se tapaban las narices por causa del olor nauseabundo. La arrojaron a un contenedor de basura sin fondo. Después de unos momentos, el contenedor escupió la bolsa de vuelta con toda su fuerza, de modo que voló por los aires. La bolsa se rompió y se repartieron trozos viscosos por todo el mundo. ¡Esta vez la pobreza no solo llenó la tierra con su olor miserable, también llenó el cielo!

FLAUTA GIGANTE

Mientras el pastor tocaba su pequeña flauta de caña, su pequeño instrumento miraba con pesar el barril de un cañón cercano, pensando: "¡Me gustaría ser tan grande como esa flauta! Apuesto que sus melodías llegan a lugares muy lejanos".

Un poco después, la flauta gigante comenzó a tocar su música.

SOCIEDAD CERRADA

Toda mi vida he vivido en una sociedad cerrada. Una vez, comenzó a abrirse, pero el olor era tan malo que volvió a cerrarse sobre sí misma al instante.

UN PUNTO DÉBIL

El volcán activo se jactó ante una nube que pasaba: "¡Mi rabia es tal que nadie puede ponerse en mi camino, puedo hacer desaparecer del mapa a todas las ciudades y los pueblos!". Enojada, la nube le ordenó guardar silencio: "¡No eres más que un punto débil en el cuerpo de la tierra, como un grano en el cuerpo de un hombre!". El volcán se quedó en silencio. La nube siguió su camino.

NO OLVIDES A LOS POBRES

Antes de llegar a la esquina, a unos metros de la casa de mi amigo, sentí un olor muy triste. Sentí dolor en el estómago, y me pareció extraño. Cuando llegué a la esquina, el olor triste se volvió insoportable. Mis lágrimas cayeron en cantidades y me dejaron confuso. Entonces vi a una mujer en el otoño de su vida. Sus ropas estaban rotas, como su vida. Estaba cubierta con las lágrimas de la humanidad. Fui hacia ella, temblando del dolor que crecía a medida que me acercaba. Cuando estuve junto a ella, me miró y me dijo llorosa: "¡No olvides a los pobres!".

Mi alma se rompió en pedazos. La humanidad me miró a los ojos y la contracción de sus pupilas me apretó el corazón. Saqué un puñado de monedas de mi bolsillo y se las di a la mujer. La humanidad me tomó la mano, dándome apoyo. Cuando la mujer tomó el dinero, me miró con ojos que ven la profundidad de la tragedia. Tan pronto como el dinero estuvo en su mano, el olor triste desapareció y se disolvió el dolor en mi estómago. Mis lágrimas pararon. La humanidad me palmeó la espalda y sacó del bolsillo de su blusa blanca una cantidad de felicidad que duraría mil días y lo plantó en mi futuro. Me volví hacia la puerta de mi amigo, pero cuando tocaba el timbre, la mujer dio un grito volcánico que quemó el embrión de mi felicidad y cayó muerta.

SUELDO DE EMPLEADO

Tan pronto como el sueldo, que había nacido con discapacidades, llegó al octavo peldaño de la escalera del mes se tropezó, cayó y murió.

LA ESTACA

El gran escritor fue obligado a sentarse sobre su propia pluma como castigo por el filo de su lengua. La tinta se derramó dentro de él y su sangre se volvió azul. Pasó a ser uno de la elite... y poco a poco volvió en sí.

LA JAULA

El pájaro mira con tristeza a través de las barras de la jaula hacia el vasto espacio perfumado con la esencia de la libertad. Sueña con los tesoros de los que ha sido privado por tanto tiempo. Inhala profundo los olores celestiales y el dolor sella su corazón. Piensa en sus hermanos y en todos los compañeros pájaros que disfrutan de esos tesoros y se dice con amargura: "¡Cómo me gustaría estar con ellos, desplegando el ancho de mis alas, rindiéndome a las ondas del aire y a las corrientes refrescantes, disfrutando la riqueza sin límites de la libertad!".

Observa los barrotes de la jaula, su mirada cargada con los grilletes del cautiverio. Siente como si envolvieran su corazón con crueldad. Su garganta se hincha con un himno de orgullo herido.

Pero el brillante espectro blanco de la libertad aparece un día, de improviso, cuando el dueño del pájaro olvida cerrar la jaula después de poner adentro la comida. Las muchas alas del alma del pájaro comienzan a temblar antes de que las alas de su cuerpo lo hagan. Se rinde ante las olas celestes, volando a través de sus corrientes coloreadas, levantándose y cayendo, deslumbrado por las maravillas que había olvidado.

Sigue su vuelo entusiasmado y busca a su familia y a sus amigos, de los que se ha visto privado por la esclavitud de los barrotes. Se lanza en picada por la libertad de la atmósfera, encantado por sus asombrosas melodías, mirando con cuidado en todas direcciones. El aroma cautivante de su orgullo, ahora restaurado por completo, se mezcla con los restos de los aromas de sus seres queridos esparcidos en el aire.

Perlas de felicidad se entremezclan con las brasas de las preguntas: "¿Dónde están, mis amados? ¿En qué espacios vuelan? ¡Mi anhelo por verlos es la soga de luz que nos une y que me llevará hasta ustedes no importa cuánto tiempo tenga que pasar!".

Después de unos días, mientras volaba cerca de una montaña alta, el pájaro reconoció a uno de sus hermanos. Se dirigió hacia él, jadeando por las corrientes de felicidad mientras la libertad observaba el encuentro de las almas de los hermanos y la armonía de sus cuerpos, y añadía a su almacén de risas una nueva y encantada.

Los dos, partiendo con sus amigos en viajes desbordantes con el elixir de la alegría, formaron una bandada intoxicada por nobles sentimientos espirituales para los cuales no se ha descubierto nombre.

Pero el pájaro que había sido liberado comenzó de pronto a sentir un cuerpo extraño, un cuerpo que reconocía, creciendo dentro de sí. Era una jaula hecha con el más poderoso de los aceros. El pájaro estaba anonadado por el horror de esta sensación. La caja se hizo más ancha y pesada y obligó al miserable pájaro a volar aturdidamente hacia arriba y hacia abajo en medio de la estupefacción de sus amigos. Finalmente, cuando el peso de la jaula se volvió demasiado para él, el pájaro cayó al borde de un bosque.

Fue presa fácil para el primer animal carnívoro que pasó por ahí.

EL ALMA DE LAS FLORES

Desde su más temprana infancia acostumbraba a cuidar las flores con especial atención. Las regaba varias veces al día y les hablaba con delicadeza, diciéndoles palabras del espíritu rebosantes de amor y claridad, sin olvidar sonreír ampliamente. Esto llenaba a las flores de una alegría apacible. Para el asombro de su familia y sus amigos, mantuvo esta costumbre hasta el final de su vida. Cuando murió, las almas de las flores que lo habían precedido en el otro mundo estuvieron entre las primeras en darle la bienvenida.

RESPETO

He visto humanos con ojos de ratones y ratones con los ojos de los humanos inteligentes.

He visto burros rechazar con firmeza que ni una brizna de hierba sea puesta sobre sus espaladas y he visto humanos aceptar cargar enormes rocas sin que se les dé nada a cambio.

He visto una criatura hecha completamente de orejas que, aun así, era incapaz de oír nada. He visto una criatura sin oídos que podía escucharlo todo.

He visto a la calavera del presente usando la bella máscara del pasado.

He visto a amos comportándose como esclavos y a esclavos comportándose como amos.

He visto colas volverse serpientes que nunca se cansan de morder.

Por todo esto respeto a todas las criaturas hasta que aparecen sus opuestos.

¡VIVA!

El reloj en la pared miraba a un balde apoyado en el fregadero. El reloj escuchaba las gotas de agua cayendo con regularidad en el balde. El reloj se dijo: "¿Cómo es que el tiempo de ese reloj se acumula y el mío no? No es justo".

Después de un rato, el balde se llenó hasta el tope y el agua comenzó a rebalsarse. El reloj de pared gritó fuerte: "¡Viva la justicia! ¡Viva la justicia!".

¿POR QUÉ NOS GOLPEAN UNAS CONTRA OTRAS?

Cuando terminó el concierto, las manos de la audiencia comenzaron una larga ronda de aplausos. Una mano protestó, diciéndole a la otra: "¿Por qué nos golpean con violencia las unas contra las otras? ¡Mira como gritan y se ríen! ¡Son unos criminales!". La mano miró a los miembros de la orquesta que ahora hacían reverencias ante la audiencia: "¿Y por qué hacen reverencias?". Tratando de esconder su dolor, la otra mano contestó: "¡Respetan la violencia!".

EL DÍA FLOREADO

Los días de la semana estaban discutiendo acerca de cuál de ellos era el más distinguido y, por lo tanto, el merecedor del título de "El día floreado". La discusión se complicó tanto que los días comenzaron a apartarse entre sí cada vez más. Esto hizo que el viaje de la vida se volviera lento y más lento.

LA CARA HERMOSA

Me senté en la cima de una colina mirando a la impresionantemente maravillosa cara de la historia. Me parecía que su belleza superaba a la más adorable forma humana. Bajé de la colina y caminé hacia ella. Estaba deslumbrado y cautivado y llevaba en mi corazón un ramo de flores que se multiplicaban continuamente. Pero tan pronto me acerqué, note algo aterrorizante en sus ojos bellos: sus pupilas eran la apertura de dos cañones que disparaban misiles intercronológicos a través de las eras. De su boca tan bien delineada salían insultos difamatorios y profanidades que cruzaban los siglos y odios y rencores que no reconocían las barreras del tiempo. Di la vuelta y regresé a casa, maldiciendo el esplendor de una historia ansiosa por destruir el futuro.

EL ERIZO Y LA SERPIENTE

Cerca de un río en el medio de un bosque, la serpiente no sabía qué hacer. No podía encontrar la manera de morder al erizo que se había enroscado en sí mismo apenas la vio deslizarse hacia él. Se esforzó por encontrar un lugar donde morder la bola llena de espinas, pero no pudo hallarlo. Soltó un largo siseo, diciendo con molestia: "¡Tú, infame espinudo miserable!". El erizo contestó sonriendo: "Es mejor estar lleno de espinas por fuera que por dentro, oh serpiente de la piel hermosa".

FUERZA

Descansaba en la orilla del río disfrutando de la brisa suave. Unos metros más allá, una pluma, arrastrada con violencia por el viento, maldecía la tormenta.

LA CABELLERA Y LA GUILLOTINA

Antes de llevarlo a la guillotina, le cortaron el pelo largo que caía sobre sus hombros. Uno de los cabellos les dijo a sus compañeros: "¿Por qué hacen esto, cuando somos seres tan débiles por naturaleza? Pueden doblarnos y envolvernos y movernos y atarnos como sea que quieran". Otro cabello le contestó: "A pesar de toda esta debilidad... en la unión está la fuerza".

RENOVACIÓN INTERIOR

Me di cuenta de que el vecino que vive en el departamento opuesto al mío salía a botar bolsas de basura docenas de veces al día y sudaba profusamente. Eran bolsas grandes. Esto me causaba sorpresa porque lo conocía bien y sabía que no se estaba mudando y que no renovaba la casa. Cuando mi sorpresa llegó a su punto más alto le pregunté la razón de tanta bolsa. Me contestó con una felicidad evidente: "Es mi basura sicológica".

ENTRE EL BURRO Y EL CABALLO

Cuando el caballo salvaje fue capturado sintió una ira violenta mezclada con desesperación. Se mantuvo en un estado de rabia y revuelta y nadie entre quienes lo habían capturado pudo quebrarlo. Mientras esto pasaba, un burro salvaje que recién había sido capturado era llevado al establo. Estaba del todo tranquilo. El burro observó la rebeldía y la rabia impetuosa del caballo. Asombrado, le preguntó: "¿Por qué tanta rebeldía, amigo mío? El asunto es mucho más simple de lo que imaginas". El caballo lo miró con desprecio y replicó: "El asunto es simple para quienes aceptan la servidumbre y la humillación".

ÁRBOL

Cuando uno de ellos, en un momento de rabia, cortó un gigantesco árbol histórico, deseé que la dirección de su caída no fuera hacia el presente y el futuro.

EDIFICIOS VAGABUNDOS

La guerra civil quemó toda la estabilidad y esparció sus cenizas por todos los rincones. La gente huyó de la ciudad, que había sido destruida casi por completo. Por esto los edificios de la ciudad se sintieron solos y se acercaron unos a otros hasta casi tocarse. La tibieza se expandió sobre ellos. Se veían como vagabundos en ropas ajadas reunidos en torno al fuego en una noche fría. Años después... luego del fin de la guerra, la gente volvió a la ciudad y comenzó a reconstruir, pero cuando esto sucedió, los edificios mantuvieron su nueva cercanía. Debido a esto, las relaciones humanas se volvieron tan cálidas y cercanas como nunca antes.

COMBUSTIBLE

En el frío feroz del invierno podía encender su alma como si fuera una caldera e invitar a innumerables personas a calentarse junto al fuego. En el calor intenso del verano su alma se volvía un aire acondicionado maravilloso cuya deliciosa frescura podía penetrar los poros del resto de las almas. Los miraba con felicidad y su conciencia estaba liviana, a pesar de que a nadie más se le ocurría invitarlo a él o a alguien más a sus propios hornos de invierno o aires acondicionados de verano. Solo tenían la intención de ahorrar combustible. Pero él nunca dejó de recibir más y más gente año tras año porque sabía que el combustible del alma no tiene precio y no se acaba nunca.

DESTINO HUMANO

Con el corazón temeroso abrí la puerta del destino humano. Cientos de cuervos volaron hacia mi cara, sus graznidos me ensordecieron. Vi al futuro recostado en un sillón desvencijado. Cerca de su cabeza había una mesa roja sobre la que había largas filas de frascos de medicina y tres velas extinguidas. Su cuerpo estaba marchito y arrugado. Su pecho subía y bajaba con velocidad trágica mientras el ángel de la muerte, lleno de felicidad casi infantil, saltaba arriba y abajo sobre él. Con dificultad traté de penetrar el terror de la vigilia. A sus pies yacía una pila de esperanzas muertas que caían sin pausa del árbol familiar humano. El techo era bajo, como una persona coronada con vergüenza. Las paredes eran angostas como la mente de un hombre cegado por el fanatismo. Puse mi mano temblorosa en la frente del futuro humano. Di un salto hacia atrás debido al calor extremo. Tomé su mano nudosa y, mirando sus venas sobresalientes y sus uñas devastadas, la besé. Miró el techo con ojos perdidos en el desierto, mientras el ritmo de los saltos del ángel de la muerte se hizo más rápido. Abrió su boca después de un esfuerzo hercúleo y habló con palabras cifradas. Traté en vano de traducirlas. El graznido de los cuervos reventó mis tímpanos. Las esperanzas muertas cayeron sobre mí. Después de unos momentos trémulos entregó su alma con un grito que destruyó los pilares de la humanidad.

PATADAS

Los dos interrogadores habían dejado al prisionero hecho un ovillo en una esquina de la habitación. Sangraba abundantemente y temblaba de terror. Segundos después, la misma esquina le dio una patada que lo hizo rodar por el cuarto. Así, las cuatro esquinas comenzaron a patearlo para allá y para acá, hasta que el techo colapsó sobre él y terminó el trabajo.

LA BESTIA

En un jardín exuberante, dos amigos comían sentados en una banca. Un pequeño pájaro multicolor se detuvo en el suelo, frente a ellos. Uno le dijo al otro: "Ese pájaro es tan hermoso, es un símbolo de la belleza gentil y amable de la vida".

Entonces, el pájaro voló hacia la rama de un árbol donde había visto una oruga deslizándose. La oruga trató de alejarse lo más rápido que pudo, gritando aterrorizada: "¡La bestia ha llegado!".

LA MUÑECA PROHIBIDA

Samar, a sus cinco años, se sentaba en el borde de la cama mirando a su muñeca tirada en el sofá al otro lado del cuarto oscuro… su amada muñeca, regalo de su padre en su último cumpleaños. No se atrevía a traerla a la cama para jugar con ella. El día anterior, la esposa de su padre le había pegado muy fuerte con un palo cuando se le cayó un jarrón con agua al suelo limpio. Hoy también, por mancharse la ropa con dulces, obtuvo cuatro azotes en la cara con el látigo de la mano de su madrastra. Es por eso que la dejó encerrada en su cuarto a las tres de la tarde con orden de no salir hasta la mañana siguiente, y con las persianas cerradas y solo un pequeño sándwich de queso en un plato de vidrio por toda comida.

Ahora... la noche ha caído... y toda clase de sensaciones se revuelven en torno a ella. La oscuridad convertida en una fuerza opresora, jugando con sus nervios, desatando su silencio negro.

Lo único que la calma es el pequeño rayo de luz que se desliza por debajo de su puerta y los sonidos entrecortados que llegan de la calle. Con su mano tanteó la mesa buscando el pan. Cuando lo encontró, lo tragó ansiosa, sorprendiéndose a sí misma por la velocidad con la que devoró hasta el último pedazo... luego, sintió sed... pero su madrastra no le había dejado un vaso de agua.

"Seguro que estaba apurada y se olvidó", se dijo Samar.

Se sintió sola y lejos de la falda de su padre y de su pecho tibio... se sintió lejos de su sonrisa perfumada de ternura. Pero él estaba en viaje de negocios y no volvería hasta dentro de un mes. De pronto volvió a sentirse llamada por su muñeca, cuya imagen llenó su mente. Estiró su torso hacia adelante y susurró con voz suave: "¿Cómo estás, mi muñeca hermosa? Lo siento: me olvidé de darte un pedazo de mi sándwich".

Ardía de deseos de tomar la muñeca escondida en la manta gruesa de la oscuridad y sostenerla contra su pecho y jugar con ella y hablarle para siempre. Con su pequeño cuerpo, resbaló desde el borde de la cama y apoyó los pies en el suelo mientras miraba al hilo de luz deslizarse por debajo de la puerta de su cuarto. ¿De dónde sacaría la valentía para atravesar toda esa distancia y recoger a su amada muñeca? La naturaleza de su vida y su existencia… Su madrastra podría entrar en cualquier momento y atraparla en el acto criminal, jugar con su muñeca cuando le había ordenado dormir inmediatamente. Y Samar no quería hacerla enojar. Es una buena mujer… eso se decía Samar.

Volvió a su cama y se quedó ahí, acostada, con los ojos abiertos, su imaginación como un poni salvaje corriendo lejos por praderas de sueños.

Escuchó voces de niños jugando y pasándola bien en un departamento vecino. No se podía dormir. Deseaba estar con ellos. Sonrío, viéndose con ellos, tomados de las manos en un círculo y girando, jugando a las escondidas… Ella jugaba feliz.

Un perro ladrando en la calle la trajo de vuelta a la injusticia de su realidad… La muñeca la llamó de nuevo con más insistencia que antes. Se bajó de la cama, incapaz de resistir su deseo, y caminó con la mayor de las dificultades como por en un campo minado. Cuando estaba a medio camino entre la cama y el sofá donde estaba la muñeca escuchó pasos acercándose a su habitación… Paralizada de miedo, vio una sombra que interrumpía el rayo de luz debajo de su puerta. La oscuridad se quedó fija en ese lugar por unos segundos inmortales y después desapareció con los pasos del desastre que seguían su camino. Corrió de vuelta a su cama y se escondió debajo del edredón, aferrándose a él con fuerza… Junto con el torrente de sus emociones en ebullición, vinieron las lágrimas… y después de un momento, se durmió y soñó con su muñeca.

EL PERRO Y LA NACIÓN

Ayer, cuando iba temprano al trabajo, vi dos carteles pegados uno al lado del otro en una reja afuera de un parque público. Uno de ellos tenía la foto de un pequeño perro blanco y la palabra PERDIDO escrita arriba. El otro tenía un mapa de forma extraña que arriba llevaba escrito NACIÓN PERDIDA. Lo que me sorprendió fue la gran cantidad de gente reunida en torno a la foto del hermoso perro blanco; palabras de pesar y preocupación formaban una multitud aún más grande que la propia multitud de gente, mientras el cartel sobre la nación perdida permanecía abandonado, sin llamar la atención de nadie.

EL VELO

Coloqué el brillante y fino velo coloreado de la imaginación sobre el terreno pedregoso de la realidad. Se convirtió en una vista hermosa, pero la topografía permaneció tal como antes.

MATRIMONIO

Mientras yo trotaba en el parque cerca de mi casa, un pequeño hombre cruzó delante de mí. Cuando me pasó, una brisa terriblemente fría que surgió de él dejó mi cuerpo tembloroso. Poco rato después, un viejo pasó cerca de mí y me hizo sentir como si el fuego de un horno hubiera liberado su soplido a través de mí. Me alejé trotando, volviéndome a mirarlo con sorpresa. Luego, una mujer se me acercó y, al mismo tiempo, me congeló y me quemó. Desde ese día, estoy convencido de que los humanos debemos ser el resultado de un matrimonio entre el cielo y el infierno.

DOS AUTOS

Dos autos se detuvieron uno junto al otro frente a un semáforo, un modelo viejo y uno nuevo. El nuevo miró al viejo con asombro. Sus ojos rara vez habían visto este tipo de auto, que ya casi no existía.

"Te compadezco —le dijo—. Fuiste hecho por una mano primitiva sin el toque creativo, científico, sin el poder de la invención... Mírame, soy un milagro en movimiento."

Sintiéndose insultado, el viejo auto le dijo: "Tal vez disfrutes los beneficios de la tecnología en tu interior, pero tu cuerpo es débil y frágil y no puede soportar ni el más ligero de los choques. Mi cuerpo fuerte tiene el poder de tolerar cualquier impacto". Avanzando, dijo con voz grave: "Eres como un humano moderno: un cuerpo débil y una vida interior muy complicada llena de complejos y negatividad y malas inclinaciones. Yo, soy como un humano premoderno, poseedor de un alma pura y simple, viviendo en el corazón de la naturaleza y comiendo de su bondad. Los humanos en esos tiempos tenían una constitución que podía resistir cualquier enfermedad".

El auto nuevo ni siquiera escuchó la última oración. Tan pronto como vio la luz verde, partió lo más rápido posible y dejó atrás a su viejo colega, quien se esforzaba por mantenerse a la par con los modelos más nuevos.

EL DIAMANTE ROTO

Un diamante se encontró con un amigo en la calle y lo encontró destrozado en pequeños pedazos. Con una mezcla de sorpresa y reproche, preguntó: "¿Quién te hizo esto? Somos la raza de diamantes. Nada puede rompernos".

El amigo le contestó con tristeza: "Soy un gran hombre nacido en el lugar y el tiempo equivocados".

PALABRAS MELOSAS

Saliendo desde su sonrisa ancha, una inundación de palabras melosas brotaban de él día y noche. Así se convirtió en una trampa para insectos y partículas de polvo.

GEMELOS MALVADOS

Una mujer embarazada deseaba hacerse la ecografía para saber el sexo del feto. Dos gemelos aparecieron en la pantalla. Las facciones de uno eran angelicales, pero las del otro eran infernales. La mujer estaba aterrada. La invadió un episodio de depresión profunda que duró todo el embarazo. Su apetito se debilitó. Se puso cada vez más nerviosa y comenzó a fumar con voracidad... Cuando los niños nacieron los dos tenían rostros infernales.

LOS SUFRIMIENTOS DE LA PLUMA VACÍA

Justo cuando el gran poeta llegó a la mitad del poema que había comenzado esa mañana, la tinta de su pluma se secó. La tiró al papelero y rápidamente sacó una nueva pluma del cajón de su escritorio y continuó escribiendo sus versos con agitación. La pluma vacía dijo con tristeza: "Me podrías haber rellenado y usado otra vez, pero preferiste arrojarme al basurero y tomar una pluma nueva para satisfacer tu arrogancia narcisista... Has olvidado cuántos poemas escribí para ti... y cuántos nombres importantes y reuniones impostergables anoté para ti con la amabilidad de mi corazón".

La pluma se quedó en un silencio quemante y comenzó a llorar lágrimas desconocidas para la humanidad y lenó el papelero mientras el poeta componía su poema con un entusiasmo sin precedentes.

ENEMIGOS

Leí en un libro el siguiente fragmento lleno de sabiduría: "El hombre es el enemigo de lo que no conoce". Cuando viajé por las regiones del mundo, en todas partes vi la enemistad del hombre con el hombre.

EL BARCO

Cuando me volví un pasajero de tercera clase en el barco de la existencia me di cuenta de que estaba muy cerca del motor de la vida.

LOS DIENTES DEL PEINE

Algunos de los dientes del peine sentían envidia de la diferencia de clases de los humanos. Lucharon con desesperación para aumentar su altura y cuando lo lograron comenzaron a mirar con desdén a sus colegas de más abajo.

Luego de un rato, el dueño del peine sintió deseos de peinar su cabello. Cuando lo encontró en este estado lo tiró a la basura.

NO NOS RENDIREMOS

La corriente del río les habló a los salmones que no paraban de ir en su contra, diciendo: "¡Su terquedad no los va a ayudar!".

Los peces le contestaron en una sola voz: "¡No nos rendiremos!".

• ALIOS • VIDI •
• VENTOS • ALIASQVE •
• PROCELLAS •